Liebeschaos und lila M

Von Hortense Ullrich ebenfalls erschienen:
Hexen küsst man nicht
Liebeskummer lohnt sich
Doppelt geküsst hält besser
Liebe macht blond
Wer zuletzt küsst …
Und wer liebt mich?
Ein Kuss kommt selten allein
Unverhofft liebt oft
Ehrlich küsst am längsten
Andere Länder, andere Küsse
Kein Tanz, kein Kuss
Liebe auf den ersten Kuss
Kuss oder Schluss
Ohne Chaos keine Küsse
Chaosküsse mit Croissant
Verküsst noch mal
Neuer Kuss, neues Glück
Ketchup, Kuss und Kaviar
Küsse nie den falschen Zwilling

Ullrich, Hortense:
Liebeschaos und lila Muffins
ISBN 978 3 522 50285 6

Reihen- und Umschlaggestaltung: Birgit Schössow
Schrift: New Baskerville
Satz: KCS GmbH, Buchholz/Hamburg
Reproduktion: Medienfabrik, Stuttgart
Druck und Bindung: Friedrich Pustet, Regensburg

5 4 3 2 1° 12 13 14 15

Hortense Ullrich

Liebeschaos und lila Muffins

Planet Girl

Dienstag, 16. September

»Also, dann lass uns jetzt frühstücken gehen«, sagte Max.

Ich sah ihn ungläubig an. Ist das eine normale Reaktion für einen Jungen, der gerade ein Mädchen geküsst hatte – *»Also, dann lass uns jetzt frühstücken gehen«*? Ich stelle ja weiß Gott nicht so hohe Romantikanforderungen wie meine beste Freundin Lucilla, aber etwas charmanter hätte Max schon reagieren können. *»Also, dann lass uns jetzt frühstücken gehen«*, tzz. Immerhin hatte er mich gerade geküsst! Und das, obwohl ich ihm mitgeteilt hatte, dass wir uns am besten aus dem Weg gehen sollten, weil ich mich leider in ihn verliebt hatte. Und da ich bis gestern noch mit seinem Zwillingsbruder Felix zusammen war, hielt ich es nicht für angebracht, jetzt auch nur in Max' Nähe gesehen zu werden. Ich hatte es ihm doch ganz genau erklärt. Wie kommt er auf die Idee, mich einfach zu küssen? Und wieso fand ich es toll? Mein Herz raste und meine Ohren klingelten, aber mein Gewissen lief Amok.

Ich war heute Morgen extra früh zur Schule gegangen, um zu vermeiden, Max auf dem Schulhof zu begegnen. Meine Chancen standen gut, weil er eh meist zu spät kommt. Und was ist? Ich treffe Max! Super. Ich war noch nicht mal an der Schule, als ein Auto neben mir anhielt, Max raussprang und zu mir kam. Toll, ich quäle mich schlaftrunken vor der Zeit aus dem Bett und laufe ihm dann doch in die Arme. Irgendwie im wahrsten Sinn des Wortes. Ich erkläre ihm mein Dilemma und ihm fällt nichts Besseres ein, als mich zu küssen. Und mein schöner Plan war futsch. Ich stand völlig verdattert da und sah ihn ungläubig an.

Er war vollkommen relaxt und grinste bloß. »Also, dann lass uns jetzt frühstücken gehen«, sagte er.

»Das kann ich nicht!«

»Wieso? Du setzt einen Fuß vor den anderen und schon gehst du. Ist ganz leicht. Probier's mal.«

Ich sah ihn an. »Du weißt, was ich meine!«

»Nein. Erklär's mir.«

»Ich kann nicht wegen Felix.«

»Ich denke, es ist Schluss zwischen euch beiden.«

»Ja. Aber ich kann doch nicht gleich am nächsten Tag mit dir durch die Gegend laufen.«

»Wieso?«

»Das gehört sich nicht. Das kann ich Felix nicht antun.«

»Du hast es ihm doch schon angetan.«

»Nein. Na ja, doch, aber das ist was anderes.«

»Ich sehe das Problem nicht. Wenn du nicht mehr mit Felix zusammen bist, dann kannst du doch jetzt mit mir frühstücken gehen. Das hättest du übrigens auch tun können, wenn du noch mit ihm zusammen wärst.«

»Max! So einfach ist das nicht.«

»Wie sieht denn dein Plan aus? Willst du warten, bis mein Bruder verheiratet ist und drei Kinder hat, bevor du mal mit mir ausgehst?«

»Besteht die Chance, dass das in den nächsten drei Wochen passiert?«

»Nein. Aber besteht die Chance, dass du jetzt mit mir frühstücken gehst?«

»Können wir nicht erst etwas Zeit vergehen lassen?«

»Ehrlich gesagt hab ich jetzt Hunger.«

»Das meine ich nicht.«

»Ich weiß, aber ich will jetzt wirklich was frühstücken und du kannst mir doch auch beim Frühstück erklären, wieso du auf keinen Fall mit mir frühstücken gehen willst.«

»Okay«, nickte ich. Dann sah ich ihn an. »Das ist aber eine merkwürdige Logik.«

»Deine ist auch nicht besser«, tröstete er mich. »Jetzt lass uns gehen.«

Er legte seinen Arm um meine Schultern und wollte sich in Bewegung setzen.

Ich blieb stehen. Und schob sehr bedauernd seinen Arm von meiner Schulter. »Mach das lieber nicht.«

»Sag das meinem Arm, er tut das automatisch, wenn ein gut aussehendes Mädchen neben mir steht.«

Ich bemühte mich, nicht laut aufzuseufzen. Max ist umwerfend charmant. Ich zögerte.

»Jetzt komm schon. Ich stecke meine Hände in die Hosentaschen, dann kann mein Arm sich nicht mehr selbstständig machen. Okay?«

Ich musste lächeln. »Na gut«, nickte ich schließlich und lief neben ihm her. Doch dann stoppte ich abrupt. »Es geht nicht!«

»Wieso?«

»Schule. Wir müssen zum Unterricht. Ich will nicht zu spät kommen.«

Max lachte. »Du hast nicht viel Erfahrung im Schuleschwänzen, was?«

»Gar keine.«

»Na, dann wirst du wohl dank mir ein paar machen.«

»Könnten wir vielleicht mit kleinen Dingen anfangen? Wie etwa eine neue Eissorte ausprobieren?«

»Du bist echt witzig, Jojo.«

Witzig. Lief das unter Kompliment? Ich konnte doch nicht, statt in der Schule zu sitzen, mit Max zum Frühstücken gehen. Aber für Max schien das nichts Besonderes zu sein.

»Schreiben deine Eltern dir jedes Mal eine Entschuldigung?«, fragte ich ihn.

»Wofür?«

»Na, fürs Schuleschwänzen.«

»Ach, du bist immer noch bei dem Thema«, sagte er. »Nein, die schreibe ich selbst.«

Ich sah ihn groß an.

»Ich kann das auch für dich tun. Ich hab auch Praxisstempel von Ärzten. Such dir eine Krankheit aus, ich bescheinige sie dir.«

»Hast du vor, das später professionell zu machen?«

»Du meinst, ob ich Arzt werden will?«

»Nein, eher, ob du ein Kleinkrimineller werden willst.«

Max lachte wieder. »Wieso machst du da so ein Drama draus?«

»Weil … weil es nicht okay ist.«

Max blieb stehen, nahm mich in den Arm und raunte mir ins Ohr: »Mach doch mal was Gefährliches.«

Wenn er mich nicht angesehen und in den Arm genommen hätte, wäre es mir gelungen, mich einfach umzudrehen und zur Schule zu gehen. Aber nun schmolz mein Widerstand und ich hörte mich zu meiner eigenen Verblüffung fragen: »Wo gehen wir hin?«

»Frühstücken. Im *Palast-Hotel.*«

Wir liefen weiter. Das *Palast-Hotel* ist das mit Abstand teuerste und vornehmste Haus in der Stadt.

»Kann man da einfach so rein?«

»Ähm, ja. Du weißt schon, dass die damit Geld verdienen, dass Leute ihr Hotel betreten. Das ist die Grundidee des Hotelbusiness.«

»Ich meine doch, kann man, nur um zu frühstücken, da reingehen? Muss man da nicht vorher erst übernachten oder so?«

»Also ehrlich gesagt bin ich jetzt etwas unsicher, ob das ein Scherz sein soll oder nicht.«

Selbstverständlich war es *kein* Scherz.

Aber da ihn diese Frage offensichtlich irritierte, stellte ich eine andere: »Wieso gehen wir nicht in ein ganz normales Café?«

»Ah, Anfängerfehler! In einem normalen Café muss

man damit rechnen, dass sich dort ein Lehrer schnell mal ein Croissant holt oder so. Und dann wirkt mein ärztliches Attest nicht mehr so glaubwürdig. Und im *Palast-Hotel* ist die Chance, Lehrer zu treffen, sehr gering.«

Ich war beeindruckt. »Du hast das ziemlich gut durchdacht, was?«

»Jahrelange Übung.«

Max' Argumentation war schlüssig und natürlich hatte das Ganze auch einen Riesenvorteil für mich: Hier würde ich niemanden treffen, den ich kenne.

Ich warf einen Blick auf das imposante Gebäude. *Palast-Hotel.* Sieh mal an! Das hätte ich nicht gedacht, dass ich da mal reinspazieren würde, um zu frühstücken.

Wir sahen uns vom Bürgersteig aus den Eingang nur an, schon sprang ein uniformierter Mann zur Tür und hielt sie uns mit einer leichten Verbeugung auf. Also gingen wir die Treppe hoch – ich versuchte zu schreiten, weil ich das für angemessen hielt, und bemühte mich, ein sehr vornehmes und wohlhabendes Gesicht zu machen. Gar nicht so einfach, wenn man darin keine Übung hat und eine Sonderangebotsjeans mit einem Grabbeltisch-T-Shirt trägt.

Max bewegte sich ganz selbstverständlich, so als wäre es das Normalste von der Welt, ein solches Hotel zu betreten. Gut, für ihn war es das ja auch.

Er sah mich von der Seite an. »Und schon wieder eine neue Erfahrung, was?«

»Ja. Wer hätte das gedacht, dass ich so viel lerne, ohne die Schule zu besuchen!«

Max grinste.

Als wir drinnen waren, begrüßte uns an der Rezeption eine Dame. Ich zuckte zusammen und kam mir ertappt vor. Max nickte bloß und führte mich durch die Empfangshalle hindurch zum Restaurant. Dort wurden wir dann schon wieder begrüßt. Diesmal von einem Herrn, der hinter einer Art Pult stand. So viele *Gute Morgen* hintereinander – das klang vielversprechend!

»Frühstück für zwei?«, fragte der Herr Max. Das war eine leichte Frage, die hätte ich locker beantworten können. Aber er sah nur Max an.

Max nickte und der Typ hauchte: »Sehr gern, bitte hier entlang.« Schon setzte er sich in Bewegung.

Wir folgten ihm. Max etwas gelangweilt, ich wie auf Watte. Die ganze Situation war ziemlich unwirklich. Wir wurden zu einem Tisch am Fenster geführt, von dem aus man einen tollen Blick runter auf die Straße hatte. Ich kam mir sehr privilegiert vor, hier frühmorgens im feinsten Hotel der Stadt zu sitzen und Leute zu beobachten, die alle zur Arbeit gingen. Alles war supervornehm und leise, man hörte nur gedämpftes Gemurmel der anderen Gäste.

Ganz automatisch flüsterte ich: »Kommst du oft hierher?«

Max flüsterte zurück: »Wieso flüsterst du?«

»Keine Ahnung, aber ich komm mir vor wie in einer Kirche.«

»Ja, das Restaurant hier gilt auch als Gourmettempel«, grinste er. »Und der Maître Di ist der Hohepriester. Statt einen Klingelbeutel rumgehen zu lassen, legen sie dir nachher ein dezentes Ledermäppchen mit der Rechnung auf den Tisch.«

Das war wohl Millionärshumor. Ich hatte keine Ahnung, wovon er sprach. Max lebt eben in einer anderen Welt. Und im Gegensatz zu Felix genießt er es. Felix ist sehr viel normaler, ihm hat man nie angemerkt, dass seine Eltern steinreich sind.

Als mein Blick auf die blütenreine schneeweiße Leinentischdecke fiel, seufzte ich unmerklich. Da würde man jeden Fleck sehen, den ich unweigerlich hinterlassen würde. Das konnte nicht gut gehen, ich war für so etwas nicht geschaffen. Man würde mir wahrscheinlich schon bei der Bestellung Hausverbot erteilen.

Aber ich musste gar nicht bestellen. Als der Kellner kam, sagte Max: »Wir hätten gerne zweimal das *American Breakfast.* Und bitte mit lila Muffins.«

»Lila Muffins?«, fragte ich, als der Kellner wieder weg war.

Max grinste: »Ich denke mir immer Sonderwünsche aus und warte auf den Tag, wo sie mal sagen: ›Haben wir nicht.‹«

»Bisher noch nicht vorgekommen, was?«

»Nope.«

Als das *American Breakfast* vor uns stand, war ich ziemlich beeindruckt. Tatsächlich hatten sie es geschafft, lila Muffins zu fabrizieren. Eine Schicht mit Blaubeersaft eingefärbter Mascarpone überzog die kleinen Kuchen. Oben drauf waren noch ein paar Blaubeeren gestreut. Hm, lecker! Begeistert war ich auch von den aufgestapelten Pancakes.

Ich wollte gerade anfangen, da sagte Max: »Mach dir von dem Ahornsirup drüber«, und deutete auf das Kännchen, das neben meinem Teller stand.

Ja, gute Idee. Offensichtlich gehört dazu etwas Übung und ein wenig Geschick, aber auf keinen Fall sollte man das Kännchen mit dem Sirup mit Schwung über die Pancakes gießen. Denn dann läuft der Sirup ebenfalls mit Schwung über den Tellerrand hinaus auf die Tischdecke.

»Ups«, kommentierte ich.

»Brauchst du noch mehr Sirup?«

War das ironisch gemeint oder fürsorglich?

Fürsorglich, denn nun schob er mir sein Kännchen entgegen. Aber ich hatte meine Pancakes bereits in Sirup ertränkt und sah etwas bedauernd auf die Tischdecke, wo sich der heruntergelaufene Ahornsirup langsam ausbreitete.

Wie aus dem Nichts erschien ein Kellner, tupfte mit einer Stoffserviette den Ahornsirup auf, entschuldigte sich und legte über den Fleck blitzschnell eine frische Serviette, die mein Missgeschick überdeckte. Ich war völlig perplex. Das ist ja interessant. Ich muss also nur in teure Restaurants gehen, dann flippen die Kellner nicht aus, wenn man was verschüttet oder einen Tisch zum Umkippen bringt. Normalerweise fliege ich immer raus und bekomme Hausverbot. Und hier entschuldigen sie sich dafür, dass ich tollpatschig bin. Das ist ja genial!

Trotzdem war es mir irgendwie unangenehm. »Ich hoffe echt, dass mich niemand hier sieht.«

»Die Leute, die dich kennen, wissen doch, dass du ungeschickt bist«, grinste Max. Also war sein Angebot mit dem Extrasirup doch ironisch gemeint.

Ich wollte eigentlich etwas empört reagieren, aber ich sagte bloß: »Nein, ich meinte, dass mich niemand mit *dir* hier sieht.«

Max sah erstaunt auf. »Wieso willst du nicht mit mir gesehen werden?«

»Das hab ich dir doch schon lang und breit erklärt: wegen Felix.«

Nach diesen Worten musste ich über mich selbst den Kopf schütteln. Wie absurd! So hatte die ganze Sache ja angefangen. Ich hatte eine harmonische Beziehung mit Felix, Max' Zwillingsbruder. Dann war Max aufgetaucht, weil er wieder einmal von einer dieser teuren Privatschulen geflogen war und seine Eltern ihn nun in eine öffentliche Schule steckten, und zwar in meine. Als Max an seinem ersten Schultag bei uns in der Schule erschien, waren alle Mädels hin und weg. Max sieht supergut aus, ist charmant und witzig und es umgibt ihn ein Hauch von Arroganz, was ausgesprochen anziehend wirkt. Und als er mich dann überschwänglich herzlich begrüßte, weil ich ja die Freundin seines Bruders war, schoss ich auf der Coolnessskala enorm in die Höhe. Malou, die Anführerin der In-Clique, zeigte plötzlich Interesse an mir, grüßte mich und lud mich sogar zu ihrer Party ein. Also unter der unausgesprochenen Bedingung, dass ich Max mitbrachte. Dass ich schon lange mit seinem Zwillingsbruder fest befreundet war, hatte nie jemanden beeindruckt, obwohl sich die beiden absolut ähnlich sehen. Felix ist nicht so teuer gekleidet und er gelt sich die Haare nicht. Und, na ja, da ist noch der Coolnessfaktor. Über den verfügt Felix nicht. Als dann das Gerücht aufkam, ich sei mit Max zusammen, stellte ich das nicht sofort klar, sondern sammelte weiter Coolnesspunkte. Mein Leben wurde unübersichtlich und chaotisch. Das führte unweigerlich dazu, dass ich mit Felix ein klärendes Gespräch führen musste, und ich musste mir eingestehen, dass ich mich in Max verliebt hatte. Das war das Ende meiner Beziehung mit Felix. So gerne ich jetzt auch mit Max zusammen sein wollte, fand ich es unpassend und auch irgendwie unfair Felix gegenüber.

»Also Felix soll nicht wissen, dass du mit mir Zeit verbringst?« Max überlegte.

»Ja. Und auch niemand anders. Und deshalb sollten wir keine Zeit miteinander verbringen. Zumindest vorläufig nicht.«

Max sah mich etwas irritiert an, dann grinste er plötzlich breit. »Hey, das ist neu. Könnte ganz spannend werden. Geniale Idee, Jojo!«

Was? Wovon redete er? Aber sollte ich nun zugeben, dass ich keine Ahnung von meiner eigenen genialen Idee hatte? Ich lächelte etwas, sonnte mich in seiner Bewunderung und hoffte, möglichst bald zu erfahren, was ich gerade vorgeschlagen hatte.

Max grinste weiter vor sich hin. »Also, wie machen wir das?«, erkundigte er sich.

Ich hatte keine Chance, ich musste fragen. »Was?«

»Na, unsere heimlichen Treffen.«

»Heimliche Treffen?«

»Ja. Das hast du doch eben gesagt.«

Hatte ich? Nein. Hatte ich nicht.

Er war begeistert von der Idee und wenn ich darüber nachdachte – so schlecht war sie wirklich nicht. Ich wäre mit Max zusammen. Heimlich zwar, aber besser als gar nicht.

»Klar. Genau das habe ich gemeint: Wir treffen uns heimlich.«

Dienstagmittag, 16. September

Nach dem Frühstück lehnte sich Max zurück und fragte: »Was steht jetzt auf dem Programm?«

»Schule.«

»Nein, lass uns unser Doppelleben planen.«

»Wie bitte?«

»Wir könnten uns doch mal in einer anderen Stadt treffen oder über Verkleidungen nachdenken«, schlug Max vor.

Verkleidungen? Wie alt sind wir? Sieben? Ich nickte vage.

Er sah mich begeistert an. »Das ist echt cool! So was hatte ich noch nie.«

Mich beschlich kurz das Gefühl, dass ihm die Umstände, unter denen wir uns treffen würden, mehr

Spaß machten als die Tatsache, dass wir uns treffen. Aber den Gedanken schob ich ganz schnell zur Seite.

Max war völlig aus dem Häuschen. »Und das hier wird ab jetzt unser ständiger Geheimtreff. Jeden Morgen zum Frühstück hier im Hotel«, plante Max munter weiter.

»Und was ist mit Schule?«, erkundigte ich mich.

Max winkte ab. »Ach, vergiss die Schule. Tägliche Anwesenheit wird total überbewertet.«

Ich verstand langsam, wieso sich Schulen so schnell wieder von ihm trennten.

»Also, ich gehe von Zeit zu Zeit doch ganz gern hin«, meinte ich.

»Was heißt das?«

»Das heißt, dass ich mich sehr schlecht fühle, weil ich jetzt hier bin statt in der Schule. Noch mal mache ich das auf keinen Fall.«

Max zuckte die Schultern. »Gut, dann treffen wir uns nachmittags um vier immer zum *High Tea*. Der wird hier wie in England serviert, mit Sandwichs, Scones und allem Drum und Dran. Und ich bestelle dir wieder die lila Muffins.«

»Okaaay.« Ich klang wohl etwas müde.

Max sah mich an. »Was ist? Die fandest du doch lecker, oder?«

»Ja, total. Die Muffins waren super.«

»Aber du scheinst gar nicht so begeistert. Ist doch ein guter Plan. Wir müssen nur darauf achten, dass wir wasserdichte Alibis haben und keine Spuren hinterlassen.«

Ein bisschen kam ich mir vor wie in einem billigen Agententhriller. »Hör mal, ich wollte keine Bank ausrauben, sondern mich einfach nur mit dir treffen, ohne dass Felix das mitbekommt. Zumindest am Anfang.«

»An was für einem Anfang?«

Na, am Anfang unserer Beziehung, dachte ich, sagte aber lieber: »Na, in der ersten Zeit nach meiner Trennung von Felix.«

»Ja, aber davon rede ich doch auch!« Er beugte sich über den Tisch, nahm meine Hand und blickte mir in die Augen. »Ich finde es perfekt. Du und ich, heimliche Treffen – das ist doch total aufregend.«

Ich war froh, dass ich saß, denn meine Knie wurden butterweich. Ich strahlte. Ja, das war perfekt. Lucilla würde ausflippen, wenn ich ihr das erzähle, so etwas ist genau ihre Kragenweite. Es ist aufregend und romantisch zugleich. Dann fiel mir ein, dass sie mir eindeutig zu verstehen gegeben hatte, ich solle mich auf keinen Fall von Felix trennen. Das war durchaus auch ein eigennütziger Rat, denn gerade hatten sich Felix und ihr Freund Valentin ein bisschen miteinander angefreundet und Lucilla hatte jede Menge Pärchenaktivitäten für uns vier geplant. Ich musste ihr die neue Entwicklung schonend beibringen.

Ich sah auf die Uhr. Lucilla war noch in der Schule und bestimmt machte sie sich Gedanken, wo ich blieb. Deshalb sollte ich jetzt schleunigst aufbrechen. Hm, aber ich wollte Max nicht enttäuschen und ihm sagen, dass ich so was Langweiliges tue, wie zur Schule zu gehen.

»Ich muss jetzt nach Hause.«

»Du kannst erst nach Schulschluss nach Hause gehen, sonst fällt es auf, dass du geschwänzt hast«, erklärte mir der Meister der Tricks und Täuschungen.

Damit hatte er natürlich recht, aber ich wollte ja auch gar nicht nach Hause gehen, ich wollte zur Schule. Mein schlechtes Gewissen plagte mich nämlich zunehmend. Ich bin nicht der Schulschwänzertyp. Also ich lege keinen großen Wert darauf, zur Schule zu gehen, aber der Gedanke, erwischt zu werden und Ärger zu bekommen, gefiel mir ganz und gar nicht. Ich überlegte, dass ich das Schuleschwänzen etwas abmildern könnte, wenn ich noch hingehen und mir irgendeine lahme Ausrede überlegen würde, wieso ich erst jetzt auftauchte. Zu spät zu kommen ist definitiv nicht so schlimm wie schwänzen.

»Doch, kann ich. Bei mir ist niemand zu Hause.«

»Dann können wir ja auch zu dir gehen.«

Nein!!! Ich wollte ja zur Schule.

»Toller Vorschlag. Ich denke, wir wollen nicht zusammen gesehen werden.«

»Das werden wir auch nicht. Du gehst jetzt nach Hause, ich verkleide mich als Paketbote und komme eine halbe Stunde später bei dir vorbei.«

»Hast du eine Uniform dabei und ein Paket?« Ich meinte das nicht ernst, sondern ich wollte ihn darauf hinweisen, dass sein Plan Lücken aufwies.

Max grinste. »Nein, aber ich kauf mir einfach gleich irgendwas Uniformähnliches.«

»Ach«, machte ich bloß. Ich hatte vergessen, dass

Max ja über genug Geld verfügt, solche absurden Ideen auch in die Tat umzusetzen.

»Was ist deine Lieblingsfarbe? Ich besorge mir was in der Farbe.«

»Pink«, grinste ich.

Max grinste zurück. »Du glaubst, ich trau mich nicht?« Seine Augen funkelten und sein Lächeln war umwerfend, als er sagte: »Und ich kauf auch etwas für dich, was ich dir ganz offiziell liefern kann.«

Das war wirklich verlockend. Ich sah in seine Augen und schmolz dahin.

»In einer Stunde bin ich bei dir«, kündigte Max an.

Nein, lieber nicht! Ich kämpfte mit mir, bis wir in der Eingangshalle des Hotels standen und gerade rausgehen wollten. Dann nahm ich meinen ganzen Mut zusammen, hielt ihn am Ärmel fest und sagte: »Max, das ist vielleicht doch keine so gute Idee …«

Er nahm mich in den Arm, erwiderte: »Da bin ich aber ganz anderer Meinung«, und küsste mich.

Alle meine guten Vorsätze waren dahin. Max ging. Ich blickte ihm seufzend nach und dann auf die Uhr: Ich hatte noch genug Zeit, um schnell zur Schule zu laufen.

Es hatte bereits zur zweiten großen Pause geklingelt, als ich ankam. Die ersten Schüler strömten auf den Schulhof. Ich hielt nach Frau Schröder Ausschau, unserer Klassenlehrerin. Sie war eine Hundeliebhaberin und ich hatte die perfekte Ausrede parat. Für alles, was mit einem Hund zu tun hatte, würde sie nämlich Verständnis haben. Und seit Neustem haben wir einen Hund. Eine Arbeitskollegin meiner Mutter hat ihn aus ihrem Spanienurlaub mitgebracht, aber ihr Vermieter erlaubte keine Hunde in der Wohnung und um ihn vor dem Tierheim zu retten, bat sie uns, ihn zu übernehmen. Der Hund ist nicht wirklich eine Bereicherung für unser Leben. Er ist ängstlich, sucht ständig Schutz unter Tischen und da drückt er sich dann so platt auf den Boden, dass er aussieht wie ein kleiner Fellteppich. Sein Lieblingsplatz ist unter unserem Couchtisch und das Einzige, was ihn hervorlocken kann, sind Leberwurstbrote. Ein weiterer Nachteil ist sein Name. Wir müssen ihn Señor Gonzalez rufen. Natürlich haben wir es mit Bello, Purzel, Hasso, Alf, Freddy und Leo versucht, aber ohne Erfolg. Nur wenn man Señor Gonzalez ruft, bewegt er den Kopf und sieht einen erwartungsvoll an.

Ich stand noch am Eingang zum Schulhof, da entdeckte ich Frau Schröder. Sie eilte schnurstracks auf mich zu. Mittlere Panik setzte bei mir ein. Aber als sie auf meiner Höhe war, sah sie mich nicht mal an und stoppte auch nicht, sondern ging Richtung Parkplatz. Ich erwachte aus meiner Starre, sprintete zu ihr und da sie immer noch nicht stehen blieb, lief ich neben ihr her, während ich mit ihr redete. »Es tut mir leid, dass ich heute so spät komme, aber Señor Gonzalez ging es nicht besonders gut.

»Señor Gonzalez?«, fragte sie etwas geistesabwesend, ohne ihr Tempo zu drosseln.

»Ja. Er ist erst seit Kurzem bei uns, er kommt aus Spanien. Wir haben ihn von einer Kollegin meiner Mutter übernommen, bei ihr war nicht genug Platz. Und er hat ein paar Anpassungsschwierigkeiten. Er ist extrem scheu. Und er machte einen sehr deprimierten Eindruck heute Morgen und ich brachte es nicht übers Herz, ihn alleine zu lassen.«

Frau Schröder nickte mitfühlend und meinte: »Das ist sehr lieb von dir. Lass dir von Lucilla erzählen, was wir durchgenommen haben, und sie soll dir die Hausaufgaben geben.«

Inzwischen standen wir vor ihrem Auto. »Sonst noch etwas? Ich muss nämlich jetzt dringend los.«

»Nein, alles okay.«

»Gut«, meinte sie, stieg in ihr Auto ein und fuhr los.

Ich sah ihr verblüfft hinterher. Wow, das war ja einfach!

Ich ging zurück auf den Schulhof, da kam Lucilla auch schon auf mich zu.

»Hey, Jojo, wo warst du denn?«

Ich dachte, ich würde mal besser bei derselben Geschichte bleiben, das würde mein Leben vereinfachen. »Ach, frag nicht!«, machte ich erschöpft.

»Wieso soll ich dich nicht fragen?«

»Nein, das meinte ich doch nicht so.«

»Das hast du aber eben gesagt.«

»Ja, aber ich wollte doch noch weiterreden und es dir erklären.«

»Du sagst erst ›Frag nicht‹ und dann beantwortest du die Frage?«

Lucilla verwirrte mich. Dabei brauchte ich doch

jetzt volle Konzentration, um eine glaubwürdige Señor-Gonzalez-Geschichte zu basteln.

»Ich bin zu spät, weil es Probleme mit Señor Gonzalez gab.« Nur welche? Mit einer Hundedepression ließ sich Lucilla bestimmt nicht abspeisen. Ich fing etwas vage an. »Ich wollte gerade das Haus verlassen, dachte, ich sehe noch mal nach Señor Gonzalez …« Mir war noch nichts eingefallen.

Lucilla rief erschrocken dazwischen: »Er war weg!«

»Genau.« Damit konnte ich arbeiten. »Alle anderen waren schon gegangen, also blieb es an mir hängen, den Hund zu suchen.«

»Ach so.« Das reichte ihr bereits.

Aber ich war inzwischen in Fahrt und wollte weiterfabulieren. »Und du glaubst ja nicht, wo er war …«

»Doch, ich glaube es dir.« Ich sollte wirklich an meiner Ausdrucksweise arbeiten. Lucilla neigt dazu, Dinge *zu* wörtlich zu nehmen.

»Er war im Kleiderschrank im Flur. Jemand hat die Schranktür aufgelassen und er ist reingekrochen.« Mir gefiel die Geschichte. Lucilla hatte aber das Interesse verloren, also verzichtete ich auf weitere Ausschmückungen.

»Na, wenigstens kommst du rechtzeitig zur Mathearbeit.«

»Was? Wir schreiben jetzt Mathe? Murks! Das hatte ich völlig vergessen.«

Also, wenn man ein so kompliziertes Liebesleben hat wie ich, kann das schon mal passieren. Da gab es jetzt nur eins: Flucht.

Sie wäre mir vielleicht gelungen, wenn wir nicht ausgerechnet unserem Mathelehrer in die Arme gelaufen wären. Der scheuchte nämlich gerade die letzten Grüppchen auseinander und wieder in die Klassenräume, weil es zur fünften Stunde geklingelt hatte, als sein Blick auf Lucilla und mich fiel. »Na, was ist mit euch? Braucht ihr eine Extraeinladung?«, fragte er streng.

Lucilla setzte sich in Bewegung. Ich blieb wie erstarrt stehen. Sie sah das, nahm meinen Arm und zog mich mit sich. Ich ließ mich willenlos abführen. Die Arbeit würde ein Desaster werden. Aber zumindest war das Gespräch nicht auf Felix gekommen. Oder Max.

Dienstagabend, 16. September

Mathe war erwartungsgemäß katastrophal verlaufen und eigentlich wäre damit mein Soll an Komplikationen für diesen Tag erfüllt gewesen. Dachte ich.

Bis am späten Nachmittag unsere Nachbarin vor der Tür stand und nach meiner Mutter fragte. Ahnungslos rief ich »Mam!« und verschwand wieder. Das hätte ich besser nicht getan, ich hätte nachfragen sollen, worum es geht. Aber dass das ein Fehler war, stellte sich erst abends heraus. Nämlich als sich mein Magen meldete und ich runter in die Küche ging, um nachzusehen, ob Oskar inzwischen zu Hause war und gekocht hatte. Warme Mahlzeiten nehme ich grundsätzlich nur zu mir, wenn Oskar dafür verantwortlich ist. Oskar, der neue Mann meiner Mutter und der perfekte Ersatzvater für meine nervige kleine Schwester Flippi und mich, ist ein Glücksfall für unsere Familie. Nicht zuletzt deshalb, weil er kochen kann. Meine Mutter und er kennen sich vom Theater, wo sie als Kostümbildnerin und er als Bühnenbildner arbeiten. Meine Mutter ist eine geniale Schneiderin, aber ihre Kochkünste lassen sehr zu wünschen übrig. Mit Oskar kamen nicht nur genießbare warme Mahlzeiten in unser Leben, sondern auch gesunder Menschenverstand und eine wesentlich entspanntere Erziehung. Meine Mutter neigt nämlich dazu, hinter jeder unschuldigen Frage ein Problem zu wittern, das sie mithilfe von unzähligen Erziehungsratgebern lösen will. Egal ob man ein Problem hat oder nicht, meine Mutter nötigt uns dazu, sich zu ihr zu setzen, Tee zu trinken und erst mal über alles zu reden. Flippi und ich haben ihr zuliebe schon sehr oft Probleme erfunden, die sie leicht lösen konnte, damit sie sich besser fühlte. Oskar rettet uns, sooft es geht, aus solchen Situationen, indem er sich an unserer Stelle zu unserer Mutter setzt und mit ihr Tee trinkt.

Als ich jetzt die Küche betrat, sprang meine Mutter auf und drehte sich stolz wie eine Königin im Kreis.

Ich sah sie irritiert an. »Alles okay?«

»Ja, ja. Ich dachte, du wärst Oskar.« Man konnte ihr anmerken, dass sie enttäuscht war, dass bloß ich es war. Sie rückte einen eleganten Seidenschal zurecht und setzte sich wieder.

»Gibt's was zu essen?«, fragte ich.

Da fielen ihr ihre mütterlichen Pflichten wieder ein. Sie stand auf und lief zum Kühlschrank. »Ich koch dir was«, bot sie an.

»Wann kommt Oskar?«

»Jeden Moment.«

»Gut, dann warten wir auf ihn.«

»Ich kann dir was machen, wenn du hungrig bist.«

»Nein, schon okay. Wo ist Flippi?«

Meine Mutter deutete wortlos in Richtung Wohnzimmer. Ich sah hinein, doch da war niemand.

»Wo?«

»Unter dem Couchtisch.«

»Wie bitte?«

Meine Mutter zuckte nur die Schultern und ich wollte herausfinden, was da los war. Flippi saß tatsächlich unter dem Couchtisch. Zusammengekauert direkt neben Señor Gonzalez. Sie hatte in jeder Hand ein Leberwurstbrot, eins hielt sie dem Hund hin, vom anderen biss sie ab.

»Was in Gottes Namen tust du da? Hat du eine Wette verloren?«

»Ich verliere nie Wetten, das solltest du aber wissen!«

»Jetzt im Ernst, was machst du?«

»Hundepsychologie. Ich gewinne sein Vertrauen.«

»Wenn der Hund auch nur ein bisschen Verstand hat, wird er dir nie trauen.« Ich verzichtete darauf, das Gespräch mit meiner Schwester fortzuführen, und wandte mich stattdessen an meine Mutter. »Was tut sie?«

Meine Mutter meinte vage: »Sie hat da eine Idee …«

»Was? Wie man Leberwurstbrote verschwinden lassen kann?«

»Keine Ahnung, sie hat nichts Näheres gesagt.«

»Du solltest es ihr verbieten.«

»Ich weiß doch gar nicht, was sie vorhat.«

»Umso energischer solltest du es ihr verbieten.«

»Ach, sie stellt doch nichts an. Sie leistet dem Hund Gesellschaft, kümmert sich um ihn und er freut sich.«

Ich bückte mich noch einmal und sah unter den Tisch. Señor Gonzalez wirkte tatsächlich nicht sehr besorgt. Aber sobald man ihm ein Leberwurstbrot anbot, sah er immer entspannt aus. Dass sie plötzlich Interesse an dem Hund zeigte, machte mich etwas misstrauisch. Normalerweise widmet sie ihre Freizeit nämlich ihrer Schneckenzucht. Sie züchtet Schnecken für alle Anlässe, von Gute-Laune-Schnecken über Liebeskummerschnecken bis hin zu Killerschnecken, die sie zu überhöhten Preisen an arglose Mitmenschen verkauft.

»Ich fände es beruhigender, wenn sie sich weiterhin um ihre Schnecken kümmern und den armen Señor Gonzales in Ruhe lassen würde. Er ist eingeschüchtert genug«, teilte ich meiner Mutter mit.

Aber sie hörte gar nicht mehr zu. Oskar war gerade nach Hause gekommen. Sie lief auf ihn zu, blieb vor ihm stehen, drehte sich um die eigene Achse und begrüßte ihn dann mit einem »Na?«.

Ein wenig verunsichert antwortete Oskar ebenfalls mit »Na?«.

»Was sagst du?«, strahlte meine Mutter ihn an.

Oskar hatte keinen blassen Schimmer, worauf meine Mutter hinauswollte, aber er war darauf bedacht, keinen Fehler zu machen. Diplomatisch sagte er: »Was soll ich sagen, mir fehlen die Worte.«

Meine Mutter strahlte.

Oskar strahlte nun auch.

»Danke«, rief meine Mutter und fiel ihm um den Hals.

Oskar freute sich darüber, war aber offensichtlich nicht schlauer geworden.

Dann sah meine Mutter ihn etwas tadelnd an und meinte: »Aber das hättest du nicht tun sollen! Er ist viel zu teuer.«

Oskar warf mir einen verzweifelten Blick zu, nun wusste er wirklich nicht mehr weiter.

Ich half ihm. »Worum geht es?«

Meine Mutter deutete auf Oskar. »Frag ihn.«

Ups, das hatte nicht wie geplant geklappt.

Oskar bekam einen panischen Gesichtsausdruck. In seiner Not rief er: »Ich komme gleich wieder«, und rettete sich in die Küche.

Puh, das war knapp! Nun wandte ich mich wieder an meine Mutter. »Nun sag doch schon, was ist?«

Meine Mutter strahlte. »Oskar hat mir diesen Schal geschenkt. Er ist von *Lasander*, einem ziemlich teuren Geschäft.« *Lasander* ist der teuerste Klamottenladen in der Stadt, maßgeschneiderte Kleidung, edle Designer, ein Einkaufstempel, den normale Leute nie betreten. Ein Ende des Schals drückte sie verliebt an ihre Wange.

Seltsam, dachte ich, Oskar schenkt ihr einen Schal

und erinnert sich nicht daran. Was ist los mit ihm?

»Toll«, meinte ich und bemühte mich, froh auszusehen. »Wann denn?«

»Heute Mittag. Per Bote. Unsere Nachbarin hat die Schachtel entgegengenommen. Sie hat erzählt, der Bote wollte ihr sie erst gar nicht geben, aber da er nach einer Viertelstunde immer noch vor unserem Haus stand und immer wieder klingelte, ist sie rüber und hat darauf bestanden, dass er ihr das Päckchen gibt. Das Geschäft hat wohl eigene Boten, die so etwas ausliefern. Er trug ein pinkes Sportoutfit.«

»Pink? O mein Gott!« Max! Das hatte ich total vergessen – nur wegen der blöden Mathearbeit! Ich sah meine Mutter entsetzt an. Was sollte ich denn jetzt sagen? Dass der Schal gar nicht von Oskar und gar nicht für sie war?

Oskar linste vorsichtig zur Tür herein und suchte meinen Blick. Ich rief ihm sofort zu: »Du hast Mam heute Mittag einen superteuren Schal von *Lasander* liefern lassen.«

Oskar riss erstaunt die Augen auf.

Und damit meine Mitteilung nicht wie eine Mitteilung klang, fügte ich noch schnell etwas stotternd hinzu: »Das ist … echt superlieb von dir.«

Ich beobachtete Oskar gespannt. Was würde er tun? Es lag an ihm. Nun hatte er alle Informationen.

Oskar kratzte sich am Kopf. »Isolde, es tut mir leid«, begann er.

»Aber nein, das muss dir nicht leidtun, das ist wirklich nett von dir«, rief ich, um sein Geständnis zu stoppen. Ich hätte wissen müssen, dass Oskar nicht mitspielen würde. Wenn er meiner Mutter jetzt die Wahrheit sagte, musste ich zugeben, dass das Teil von Max war, und vielleicht würde dann auch die Sache mit dem Schuleschwänzen auffliegen. Meine Mutter ist Meisterin im Rauskitzeln von Geheimnissen.

»Der Schal ist nicht von mir«, gestand Oskar.

Ich hatte die Luft angehalten und stöhnte nun leicht auf. So ein Murks! Unweigerlich würde meine Mutter mich jetzt verhören.

»Er ist nicht von dir? Von wem denn?«

»Keine Ahnung«, meinte Oskar.

Keiner fragte mich. Also, dann musste ich vielleicht auch gar nichts sagen. Meine Mutter zog den Schal wieder aus. Dann holte sie eine kleine, elegante schwarze Schachtel hervor, auf der in silberner Schrift *Lasander* stand, und legte das gute Stück wieder hinein. Es herrschte Schweigen. Oskar wirkte etwas betreten, meine Mutter ebenso.

»Aber wenn du gerne so einen Schal haben möchtest …«, brach Oskar das Schweigen.

»Nein! Auf keinen Fall. Ich fand ihn ja eh zu teuer«, widersprach meine Mutter sofort. Sie sah die Schachtel an. »Aber was mach ich denn nun damit?«

»Lag irgendetwas dabei? Eine Karte vielleicht?«, erkundigte sich Oskar.

»Nein, da war nur der Schal drin.«

Nun untersuchten beide die Schachtel.

»Ganz im Ernst, Isolde, wenn du gerne einen Schal hättest, auch diesen, wenn du möchtest …«

»Nein. Wirklich nicht. Der kostet ein paar hundert Euro, damit würde ich mich eh nicht wohlfühlen.«

»Aber du hast dich so gefreut.«

»Doch nur, weil ich dachte, dass er von dir sei.«

Sie lächelte ihn an, er lächelte zurück. Dann nahm Oskar meine Mutter in den Arm und sagte: »Ich kauf dir morgen einen. Einen, den wir uns auch leisten können.« Sie schmiegte sich an ihn.

Na toll, deren Probleme sind aber schnell gelöst! Aber meines ja irgendwie auch. Keiner hat mich mit diesem Schal in Verbindung gebracht. Sehr gut!

»Was machen wir denn jetzt mit diesem Designerteil?«, fragte meine Mutter Oskar.

Ich war kurz in Versuchung, anzubieten, das zu übernehmen, aber ich ließ es lieber. Bisher war ja alles gut verlaufen. Ich wollte mich gar nicht in Erinnerung bringen.

»Und du hast keine Ahnung, wer ihn dir geschickt haben könnte?«

»Nein. Es muss eine Verwechslung sein. Wir gehen morgen in das Geschäft und geben ihn zurück.«

Wunderbar, ich war davongekommen! Und noch nicht mal mit einem blauen Auge, sondern völlig ohne Blessuren. Ich schlich leise aus der Küche.

In meinem Zimmer fiel mir dann wieder ein, dass ich ja Hunger hatte. Aber wieder runtergehen und Gefahr laufen, dass man mir Fragen stellt? Niemals.

Ich sah mich in meinem Zimmer um. Ein Müsliriegel und eine halbe Tüte Chips. Das musste genügen.

Mittwoch, 17. September

Heute früh setzte ich mich mit einem Ruck im Bett auf: Mein Problem war ganz und gar nicht gelöst. Wenn meine Mutter den Schal zurückbrachte, würde sie womöglich erfahren, wer ihn gekauft hatte. Und dann würde sie Fragen stellen. Und zwar mir. So ein Verhör würde ich nicht unbeschadet überstehen. Sie macht sich nämlich stets selbst Vorwürfe, was für eine schlechte Mutter sie sei und so weiter, und ich bekomme dann regelmäßig so großes Mitleid mit ihr, dass ich alles gestehe. Was dazu führt, dass sie dann empört ist und über angemessene Strafen nachsinnt. Gott sei Dank fällt ihr meist nichts ein. Und nach einer Woche hat sie es dann vergessen. Aber dennoch – ich wollte kein Risiko eingehen.

Also, um ihr Kummer zu ersparen (na gut, mir auch), musste ich unbedingt verhindern, dass sie einen Fuß in den Nobelladen setzte.

Nach dem Frühstück sagte ich so beiläufig wie möglich zu meiner Mutter: »Ich muss nach der Schule in die Stadt, soll ich den Schal für dich zurückbringen?«

»Würdest du das tun? Das wäre toll.«

Ich sah sie etwas verdutzt an, so einfach hatte ich mir das nicht vorgestellt. Ich nahm mein Frühstücksbrot und die Schachtel mit dem Schal, stopfte beides in meine Schultasche und verabschiedete mich.

»Jojo?«

Ich stand bereits an der Tür, wagte nicht, mich umzudrehen, und hielt einfach bloß die Luft an.

»Aber tu mir einen Gefallen und lass es nicht wie eine Beschwerde klingen. Wahrscheinlich hat der Bote irgendetwas verwechselt. Nicht dass er Ärger bekommt.«

»Alles klar, Bote soll keinen Ärger kriegen«, wiederholte ich, ohne mich umzudrehen, und lief aus dem Haus.

Perfekt! Das Leben liebt mich!

Ich freute mich darauf, Max zu sehen und Lucilla von dem schicken Frühstück im Hotel zu erzählen. Sie würde ausflippen!

Ich stoppte. Murks! Ich konnte Lucilla ja nichts erzählen, ich hatte ihr ja noch nicht einmal gesagt, dass ich nicht mehr mit Felix zusammen bin. Das ist echt doof, es passieren so aufregende Dinge in meinem Leben und ich kann es niemandem mitteilen.

Und dann wurde alles noch ein klein wenig komplizierter.

Als ich auf dem Schulhof ankam, wartete Lucilla bereits auf mich. »Rate!«, begrüßte sie mich.

Ich sah sie gequält an. Das war eine von Lucillas Lieblingseröffnungen eines Gesprächs. *Rate!* Dahinter konnte sich alles verbergen. Meist hatte es etwas mit ihrem Freund Valentin zu tun. Und meist war es etwas super Romantisches, denn Romantik war der Treibstoff ihrer Beziehung.

»Valentin will dir ein romantisches Abendessen kochen und wird das Gemüse und die Kartoffeln in Herzform schneiden.«

Sie sah mich etwas verblüfft an. »Nein. Das war's

nicht. Aber das ist echt eine tolle Idee. Kannst du ihm das vorschlagen, damit er mich damit überrascht?«

»Aber er kann dich doch gar nicht damit überraschen, du weißt es doch jetzt schon.«

»Oh, ich kann sehr überrascht tun. Schau mal.« Sie hielt sich beide Hände an die Wangen, riss die Augen auf und rief: »O mein Gott!«

»Was ist?«

»Was heißt *was ist*? Nichts ist, ich war überrascht.«

»Worüber?«

»Jojo, was ist los mit dir? Ich hab dir vorgemacht, wie überrascht ich tun kann. Wegen Valentin. Wenn er mir das romantische Abendessen präsentiert.«

»Falls er es tut.«

»Das wird er tun, wenn du es ihm vorschlägst.«

Ich grinste. »Aber du hast recht, du hast sehr überzeugend gewirkt.«

»Siehst du«, lächelte Lucilla.

»Also, worum geht's, was ist passiert?«

»Was soll passiert sein?«

»Na, das weiß ich doch nicht, du hast eben ›Rate!‹ gesagt.«

»Ach so, ja. Bei dem Gedanken, dass Valentin für mich kocht, hab ich das ganz vergessen. Ich hab Karten für eine Filmpremiere. Ein paar der Schauspieler werden auch da sein. Mein Vater hat sie mir besorgt.«

Lucillas Vater arbeitet beim Presseamt der Stadt und bekommt für wichtige Ereignisse immer Eintrittskarten, die er meist seiner Tochter zur Verfügung stellt.

»Im Ernst? Wie cool ist das denn!«

»Ja, nicht wahr? Ich hoffe, du freust dich.«

Na ja, ich würde mich freuen, wenn er auch für mich Karten besorgt hätte, aber ich sagte brav: »Ich freu mich immer für dich. So wie das eine beste Freundin tun sollte.« Ich wollte Lucilla in eine milde Stimmung versetzen, bevor ich ihr vom Ende meiner Beziehung mit Felix erzählte. »Egal was du tust, ich unterstütze dich«, sagte ich noch einmal nachdrücklich.

Lucilla sah mich etwas irritiert an. »Also das ist ja nett vor dir, aber hier geht es bloß um einen Kinobesuch.«

Ich nickte. »Schon, aber ich meine das auch grundsätzlich. Ich respektiere deine Entscheidungen.«

»Wieso redest du so salbungsvoll? Kommst du nun mit ins Kino oder nicht?«

»Ich kann mitkommen? Wow! Super, danke!«

Lucilla nickte, aber sie sah mich immer noch etwas misstrauisch an. Dann kramte sie in ihrer Jackentasche und gab mir zwei Karten. »Hier sind eure Karten.«

»Eure?«

»Ja, Felix' und deine.«

»Oh«, machte ich. Dann gleich noch einmal: »Oh.« Ich überlegte. »Willst du nicht lieber mit Valentin alleine hingehen?«

»Wieso denn das?«

»Es … ist romantischer?«

»Ich hab aber vier Karten und jetzt, wo sich Felix und Valentin verstehen, können wir endlich mal was zu viert unternehmen.«

So, das wäre also nun der Moment, Lucilla zu beichten, dass es in meinem Leben keinen Felix mehr gibt. Ich holte tief Luft.

Lucilla kam mir zuvor. »Du bist wirklich etwas merkwürdig heute Morgen. Sieh zu, dass sich das gibt bis zum Nachmittag. Am besten treffen wir uns schon etwas früher. Um sechs fängt die Vorstellung an, ich würde sagen, fünf Uhr beim Eiscafé.«

»Ich …«, begann ich vorsichtig, doch dann verließ mich der Mut. »Ich weiß gar nicht, ob Felix Zeit hat«, wich ich erst einmal aus.

»Na, dann frag ihn.«

»Haben Valentin und Felix gestern miteinander telefoniert?«

»Nein, wieso sollten sie telefonieren? Also so dicke Freunde sind sie nun auch wieder nicht.«

Das war eine gute Nachricht. Dann könnte ich die Info vom Ende unserer Beziehung etwas aufschieben. Ich wollte Lucilla jetzt nicht die ganze Freude an dem Viererdate verderben.

»Ich ruf Felix heute Mittag an und frag, ob er Zeit hat«, versprach ich. Selbstverständlich hatte ich nicht vor, Felix anzurufen, aber es verschaffte mir etwas Luft, um Lucilla alles in einem günstigen Moment schonend beizubringen. Und es würde eine schlechte Nachricht für sie sein.

»Lass uns schon ins Klassenzimmer gehen, ich muss noch ein paar Vokabeln raussuchen und übertragen«, sagte Lucilla.

Ich wollte aber noch dringend Max sehen. Ich hatte all meine Kreativität an Ausreden und Ausflüchten für heute früh ziemlich aufgebraucht, also sagte ich schlicht: »Ich muss noch mal kurz zu Max.«

»Du solltest dich doch von ihm fernhalten«, mahnte Lucilla.

»Ja, schon, aber … ich soll ihm etwas von seinem Bruder ausrichten.«

Lucilla nickte und deutete auf eine Gruppe von Leuten. »Er steht da vorne. Neben Malou.«

Ich war sehr froh, dass Lucilla nicht fragte, wieso ich Max etwas von seinem Zwillingsbruder, mit dem er im selben Haus wohnt, ausrichten sollte.

»Du kannst schon vorgehen, ich komm gleich nach«, sagte ich zu ihr.

Lucilla nickte. Dann fragte sie: »Sag mal, Jojo, wieso lässt Felix seinem Zwillingsbruder von dir etwas ausrichten? Sie wohnen doch zusammen im selben Haus.«

Schade. »Ja, schon, aber … zurzeit reden sie nicht miteinander.«

Lucilla schüttelte den Kopf und ging.

Puh! Jetzt zu Max.

Ich schlich in der Nähe der Gruppe von Mädels herum, die alle auf Max einschnatterten, und hoffte, dass er zu mir kommen würde. Tat er aber nicht. Also bin ich zu ihm. »Ich muss mal kurz mit dir reden.«

»Das muss warten, wir sind mitten im Gespräch«, teilte mir Malou mit. Toll, gleich nachdem sie durch mich Max kennengelernt hatte, bin ich auf ihrer Coolnessliste wieder nach ganz unten gerutscht.

»Es ist wichtig.« Ich sah Max bedeutungsvoll an.

Er lächelte. Alle stoppten ihr Geplauder und drehten sich zu mir. Es war superunangenehm, so viele feindselige Mädchenblicke auf mir zu spüren.

Aber ich hielt tapfer durch. »Ich … soll dir was von deinem Bruder ausrichten.«

»Ach, tatsächlich?«, sagte Max.

»Ja.«

Max sah kurz in die Mädelsrunde und meinte charmant: »Wenn die Ladys mich bitte einen Augenblick entschuldigen würden?«

Albernes Gekicher.

Ich verdrehte die Augen. Hätte ich nicht tun sollen. Oder mich zumindest vorher umdrehen. Bitterböse Blicke trafen mich.

Max legte seinen Arm um meine Schultern und wir gingen ein paar Schritte von der Gruppe weg.

»Arm!«, zischte ich ihm zu.

Er verstand und zog ihn weg. »Du weißt schon, dass ich das ständig mache, es bedeutet also nicht viel, wenn ich den Arm um die Schulter eines Mädchens lege.«

Ich wusste jetzt nicht so genau, ob das eine gute oder schlechte Nachricht war.

»Du hast also eine Mitteilung für mich von Felix? Und bevor du dich in Schwierigkeiten redest, sollte ich dir vielleicht sagen, dass Felix gar nicht da ist. Er hat das Land verlassen.«

»Was? Wieso?«

Max grinste. »Wegen dir!«

Ich war entsetzt. »Das ist ja furchtbar!« Was hatte ich bloß angerichtet? Felix schien es doch einigermaßen gefasst aufzunehmen. Ich hätte nie gedacht, dass er zu so einer Kurzschlusshandlung fähig ist. Er ist doch sonst immer eher sachlich und rational. Ich fühlte mich ziemlich mies.

Max beobachtete mich eine Zeit lang, dann sagte er: »Er ist in England. Seine Klasse macht einen Austausch mit einer englischen Privatschule. Vier Wochen sind sie dort, dann kommen die Engländer hierher.«

Ich boxte Max ärgerlich auf den Arm. »Mann, du hast mir einen ganz schönen Schrecken eingejagt!«

Max grinste.

Ich sah ihn nach wie vor böse an.

»Hat er dir das denn nicht erzählt?«, fragte er.

»Nein.« Oder doch? Nur sehr vage erinnerte ich mich daran, dass Felix irgendwann mal was erwähnt hatte von wegen Austausch. Aber ich hatte mich in den letzten Wochen nicht mehr so richtig für Felix' Leben interessiert und dass der Austausch so kurz bevorstand, war mir nicht klar. Himmel, ich war echt eine schlechte Freundin! Felix hatte wirklich was Besseres verdient.

»Also mit der Ausrede bist du schon mal aufgeflogen. Du musst dir mehr Mühe geben.«

»Was für eine Ausrede?« Ich war noch damit beschäftigt, mir Vorwürfe zu machen.

»Na, dass du mir von meinem Bruder was ausrichten sollst.«

»Wieso? Es könnte doch sein, dass er mich angerufen hat und dir was ausrichten lässt.«

»Hat er?«

»Nein.«

»Na bitte.«

»Das war doch eh bloß ein Vorwand. Ich wollte mit dir reden.«

Max grinste. »Oh, schlau. Du wolltest also mit mir alleine sein.«

»Ja, alleine mit dir und sechshundert anderen Schülern.« Ich deutete über den Schulhof.

»Mich stören die anderen nicht«, sagte er, kam etwas näher und sah mir intensiv in die Augen.

»Hör auf damit, Max, das macht mich nervös. Wir haben doch eine Abmachung!«

Max hob beide Hände und trat einen Schritt zurück. »Also, was gibt's.«

»Es geht um den Schal.«

»Ja, genau, du hast mir gestern meinen Auftritt verdorben. Wieso hast du nicht aufgemacht?«

»Weil ich noch gar nicht zu Hause war.«

»Aber du bist doch vor mir los.«

»Schon, aber ich war noch in der …« Ich brach ab. Wenn ich jetzt »Schule« sagte, würde Max denken, ich wäre zu feige, um zu schwänzen. Womit er natürlich recht hätte. Aber ich sah keinen Grund, ihn das wissen zu lassen.

Max grinste. »Du warst in der Schule. Und hast dich entschuldigt und eine Geschichte erfunden, wieso du am Morgen nicht da warst. War es wenigstens eine originelle Story? Du bist von Außerirdischen entführt worden oder so?«

»Nein. Eher lahm, ich hab den Hund vorgeschoben.«

»Na ja, du bist ja noch ein Anfänger.«

»Ich bin nicht sicher, ob ich den Fortgeschrittenenkurs belegen möchte.«

»Feigling«, meinte er und sah mich lächelnd an. Wenn Max mich so anlächelt, passiert etwas, was außerhalb meiner Kontrolle liegt: Ich schmelze dahin. Und plötzlich war ich bereit, mich bei ihm für jeden x-beliebigen Kurs anzumelden.

Ich unterbrach unseren Blickkontakt. Das bewährte sich: Schon nach wenigen Sekunden konnte ich wieder normal denken. Ich sah wieder auf, blickte auch in sein Gesicht, vermied jedoch seine Augen, sondern fixierte seine Stirn. »Hör mal, das mit dem Schal war ja echt ganz cool und so, aber ich will nicht, dass du so viel Geld ausgibst für mich.«

»Keine Sorge, den hab ich nicht bezahlt.«

»Du hast ihn nicht bezahlt?«, fragte ich ungläubig. Das heißt, er hatte ihn einfach mitgehen lassen?

»Sag mal, hab ich was an der Stirn?«

»Nein. Wieso?«

»Weil du da hinstarrst.«

Ich korrigierte meinen Blick. Sah ihn wieder direkt an und es klappte ganz gut. Keine weichen Knie, keine Atembeschwerden. »Zurück zum Schal. Wieso hast du ihn nicht bezahlt?«

»Ich hatte gar nicht genug Geld dabei.«

Wow, tolle Begründung, wieso man etwas klaut. Ich schluckte. »Kaufst du öfter so ein?«

»Wie?«

»Na ja, ähm … bargeldlos?«

»Ja.«

»Sag mal, die Leute aus dem Laden … kennen die dich?«

»Ja, ich bin öfter dort.«

»Und die haben noch nie etwas gesagt?«

»Was sollen sie sagen? Sie sagen: ›Guten Tag, kann ich irgendwie helfen.‹ Und wenn ich gehe, sagen sie ›Auf Wiedersehen‹. Und verrate mir doch jetzt bitte mal, wieso du so starkes Interesse an meinen Einkaufsgewohnheiten hast.« Er redete so unbefangen davon, dass mir ganz übel wurde.

Ich sah ihn forschend an. War er echt so abgebrüht, dass er, ohne mit der Wimper zu zucken, superteure Schals klaute? Und das dann auch noch zugab. Und nicht einen Funken schlechtes Gewissen zeigte? O Boy! Worauf hatte ich mich da eingelassen? Ich musste mal ein ernstes Gespräch mit ihm führen. »Hör mal, Max«, begann ich.

»Ey, Max, alles klar?«, sagte ein Mitschüler im Vorbeigehen zu ihm.

Max nickte ihm zu.

Hm. Der Schulhof war vielleicht nicht der geeignete Ort für ein ernstes Gespräch. »Sehen wir uns heute Mittag?«, fragte ich deshalb.

»Ah, und ich dachte schon, du fragst nie. Wann? Wo?«

»Na ja, eigentlich hattest du doch gesagt, wir treffen uns jeden Nachmittag um vier im Hotel zum Tee.«

»Hatte ich?«

»Ja.«

»Super Idee von mir. Dann machen wir das so.«

Gut, das würde mir Zeit geben, den Schal vorher zurückzubringen und die Leute im Laden zu bitten, von einer Anzeige Abstand zu nehmen. Beim Tee würde ich dann mal mit ihm über sein Problem reden.

»Ich hab nur bis etwa fünf Zeit. Anschließend treffe ich mich mit Lucilla, sie hat Karten für eine Filmpremiere.«

»Was für ein Film?«

»Keine Ahnung, aber ein paar der Darsteller werden auch da sein.«

»Hat sie noch eine Karte übrig?«

»Ja, sie hat mir zwei gegeben.«

»Dann komm ich mit. Das klingt verlockend – wir beide zusammen im Kino …«

»Nein, die andere Karte ist für Felix. Aber das hat sich ja erledigt. Ich werde ihr die zweite Karte zurückgeben und sagen, Felix hat keine Zeit.«

»Du hast ihr nicht gesagt, dass du nicht mehr mit meinem Bruder zusammen bist?«

»Nein. Ich hab es niemandem gesagt.«

Max grinste. »Du traust dich nicht, Schule zu schwänzen, aber du tust so, als wärst du nach wie vor mit Felix zusammen? Also, versteh mich nicht falsch, für mich ist das echt amüsant und ich mach da auch gerne mit, aber es wundert mich. Ich finde das eigentlich viel heftiger, als mal nicht in der Schule zu erscheinen.«

»Nein, das ist was ganz anderes.«

Max schüttelte grinsend den Kopf. Dann beugte er sich zu mir, küsste meine Wange und meinte: »Wir werden viel Spaß zusammen haben.«

Ich vergaß ganz, ihn dafür zu rügen, und als ich daran dachte, war er auch schon wieder in der Menge untergetaucht.

Ich lächelte selig vor mich hin und seufzte verliebt auf. Ja, es hatte mich erwischt. Und es fühlte sich gut an.

Ich spazierte langsam über den Schulhof und hielt nach Lucilla Ausschau. Dann fiel mir ein, dass sie ja schon ins Klassenzimmer gegangen war, und ich machte mich auf den Weg zu ihr. Am Eingang tauchte Max plötzlich noch mal auf, gab mir unauffällig eine kleine Tüte und raunte mir zu: »Iss es, wenn du alleine bist.« Dann war er wieder weg.

Ich sah in die Tüte. Ein Brötchen lag darin. Merkwürdige Idee. Und wieso sollte ich es essen, wenn ich alleine war?

Im Klassenzimmer setzte ich mich neben Lucilla, die noch eifrig Vokabeln abschrieb. Ich packte das Brötchen aus und biss rein. »Ey, was ist denn das?«, schimpfte ich und zog zwischen den beiden Brötchenhälften einen Zettel heraus, von dem ich bereits eine kleine Ecke verschluckt hatte.

Lucilla sah auf. »Was ist los?«

»Ich hab da ein Stück Papier auf meinem Brötchen«, wunderte ich mich. Dann wunderte ich mich nicht mehr. Auf dem Zettel stand etwas und Max hatte ja gesagt, ich solle das Brötchen essen, wenn ich alleine bin. Er hatte mir eine geheime Nachricht geschickt. Hey, wie cool!

»Flippi?«, fragte Lucilla.

»Bitte?«

»Hat Flippi dir das Papier da reingelegt?«

Ich wurde etwas rot, nickte aber schnell.

»Mann, bin ich froh, dass ich ein Einzelkind bin«, meinte Lucilla und beugte sich wieder über ihr Heft.

Unauffällig sah ich auf den Zettel. Da stand:

Behalte die zweite Kinokarte! Ich hab eine Idee!

Ich lächelte. Max war echt kreativ.

Mittwochnachmittag, 17. September

Die Sache mit dem Schal war nun doch nicht so einfach, wie ich gedacht hatte. Eigentlich hatte ich bloß verhindern wollen, dass meine Mutter in dem Laden auftaucht und die Leute verwirrt. Ich hatte vorgehabt, ihr zu erzählen, ich sei dort gewesen und es sei tatsächlich eine Verwechslung gewesen. Dann hätte ich den Schal in meiner untersten Schublade versteckt und die Sache wäre gegessen gewesen. Aber einen geklauten Schal wollte ich auf keinen Fall bei mir beherbergen!

Was nun?

Am besten wäre es, ich würde das Teil einfach heimlich zurückbringen und damit Max' Ladendiebstahl ungeschehen machen. Aber es ist wohl einfacher, etwas heimlich mitgehen zu lassen, als etwas heimlich in einen Laden zurückzubringen. Ich scheiterte nämlich bereits an der Tür. Ich war nach der Schule, genauso wie ich es meiner Mutter angekündigt hatte, in die Stadt zu *Lasander* gegangen. Als ich das Geschäft betrat, klebte eine Sekunde später eine Verkäuferin an mir und fragte: »Kann ich dir helfen?«

Wow. Also entweder nehmen die Kundenservice wirklich ernst oder aber ich sah aus, als hätte ich mich verlaufen. Ich nehme an, Letzteres, denn ich wirkte tatsächlich wie ein Fremdkörper in dem Laden. Dezente klassische Musik, schwarzer Teppichboden, kleine dunkelrote Ledersessel, elegante Kundinnen und selbst die Verkäuferinnen waren gekleidet, als würden sie zu einer Cocktailparty gehen.

»Ich ... wollte mich mal bei den Schals umsehen.«

Ich hatte erwartet, dass die *Lasander*-Tussie nun auf einen Ständer deuten würde, wo Schals hingen, ich meinen einfach wieder dazuhängen könnte und dann alles erledigt wäre. Aber inzwischen befürchtete ich, dass sie mich die ganze Zeit eskortieren würde, und dann hätte ich natürlich keine Chance, irgendetwas dort heimlich zu deponieren. Es wurde jedoch noch komplizierter.

Sie ging nämlich mit mir zu einem Verkaufstisch, der eine Glasplatte hatte, und unter der konnte man aufgefächerte Schals sehen. »Hattest du an eine bestimmte Farbe gedacht?«, fragte sie.

»Nö, eigentlich nicht.«

»Er ist für deine Mutter?«

»Ähm. Nein.«

»Sondern?«

Ich sah sie an. Wieso wollte sie das wissen?

Sie schien auch unausgesprochene Fragen zu verstehen und sagte: »Ich frage nur wegen des Stils. Konservativ, klassisch oder jung und etwas ausgefallen?«

So kamen wir nicht weiter.

Ich musste einen anderen Weg finden. Mir blieb nur der direkte übrig. »Ich will einen Schal zurückbringen.«

»Oh.«

Ich holte die Schachtel aus meiner Schultasche und schob sie zu der Verkäuferin rüber.

Sie öffnete sie, nahm den Schal heraus, besah ihn und fragte besorgt: »Ist etwas damit nicht in Ordnung?«

»Nein. Doch. Also, ich bringe ihn zurück, weil es ein Versehen war.«

»Ein Versehen?«

»Ja.«

»Was für ein Versehen denn?«

»Ach, lange Geschichte. Wichtig ist nur, dass sie ihn zurücknehmen.«

Die Verkäuferin war etwas irritiert, aber dann sagte sie: »In Ordnung, kein Problem, wir nehmen ihn zurück. Wenn du bitte mit zur Kasse kommst, dann gebe ich dir das Geld wieder.«

»Nein! Ich will kein Geld dafür!«, rief ich entsetzt. Dann machte ich mich ja mitschuldig! Ich wollte hier ein Verbrechen wiedergutmachen und kein Neues begehen.

»Du willst das Geld nicht zurück?«, fragte sie ungläubig.

»Auf gar keinen Fall.« Ich schüttelte energisch den Kopf.

»Hast du einen Kassenzettel?«

»Nein. Das ist ja das Problem.« Ich biss mir auf die Lippen, weil es gleich peinlich werden würde.

»Das ist kein Problem. Ich kann nachsehen, wann er gekauft wurde.«

Hach, von wegen kein Problem! Während sie den Schal nahm und nach der Artikelnummer auf dem kleinen Etikett suchte, sah ich mich nach einem Fluchtweg um, behielt die Tür im Auge und war auf dem Sprung, loszurennen, sobald sie feststellen würde, dass der Schal den Laden nicht legal verlassen hatte.

Sie holte ein ledergebundenes Buch hervor und blätterte darin herum, verglich Nummern und lächelte schließlich. »Dann schreiben wir es Frau Sternberg wieder gut.«

Ich stoppte sofort meinen Fluchtimpuls und fragte: »Was?«

Nun wirkte die *Lasander*-Tussie doch etwas irritiert.

»Was meinen Sie mit *wieder gutschreiben*?«, drückte ich mich genauer aus.

»Frau Sternberg hat bei uns ein Konto. Sie wählt ihre Garderobe hier aus und wir stellen ihr das monatlich in Rechnung.«

»Ach so«, rief ich erleichtert. »Dann ist ja alles in Ordnung!« Max war kein Ladendieb.

Dann wurde sie misstrauisch. »Wie kommst du eigentlich zu dem Schal?«

»Es ist … es war ein Geschenk.«

»Ach so.« Sie lächelte. »Max?«

Ich nickte.

Sie sah mich an, dann den Schal und meinte schließlich: »Du bist auch gar kein Seidenschaltyp.«

Ich nickte erneut.

Sorgfältig legte sie den Schal beiseite. »Komm mal mit«, forderte sie mich auf.

Ich folgte ihr brav und sie führte mich zu einem anderen Bereich des Ladens.

»Das ist eher dein Stil«, stellte sie fest, griff in ein Regal, zog eine Jeansjacke hervor und hielt sie mir hin.

»Total!«, rief ich begeistert.

»Du kannst sie gegen den Schal eintauschen«, schlug sie vor.

»Einen Schal gegen eine komplette Jacke?«, wunderte ich mich.

Sie lächelte. »Ja.« Und fügte erklärend hinzu: »Der Schal ist aus Seide und von einem sehr teuren Designer.«

»Und es ist in Ordnung, wenn Max hier Sachen kauft und sie auf das Konto seiner Mutter setzen lässt?«

»Ja. Bis zu einem bestimmten Betrag. Sie hat es aufgegeben, für ihn Kleidung zu kaufen. Er sucht sich seine Sachen lieber selbst aus.« Die Verkäuferin ging mit der Jeansjacke wieder zur Kasse.

Ich bekam Gewissensbisse. Irgendwie gefiel mir das nicht. Und wie sollte ich die Jacke erklären? Mir fiel auf die Schnelle keine gute Geschichte ein, wie ich zu einer neuen Jacke gekommen sein könnte. Es wäre viel einfacher, nur das zu tun, was ich meiner Mutter angeboten hatte, nämlich den Schal zurückzubringen. »Wissen Sie was? Ich möchte doch lieber einfach nur den Schal zurückgeben.«

Sie sah mich etwas verwundert an, aber dann meinte sie: »In Ordnung. Wie du willst.«

Als ich das Geschäft verlassen hatte, war ich zwar etwas strapaziert, aber ziemlich erleichtert. Max war kein Ladendieb. Gut, dass ich ihn nicht bereits auf dem Schulhof zusammengefaltet hatte. Wie kam ich aber auch auf die blöde Idee, dass er den Schal geklaut haben könnte?! Ich sollte wirklich nicht vorschnelle Schlüsse ziehen. Oder zumindest genauer nachfragen, um sicherzugehen, dass meine Annahmen stimmten.

Nicht zu fassen, wie teuer dieser Schal war!

Und die Jeansjacke war echt cool …

Als ich zu Hause war, bereute ich, dass ich die Jacke nicht genommen hatte. Ich hätte doch einfach flunkern können, sie gehöre Lucilla und ich hätte sie mir ausgeliehen.

Hm, ob ich wohl zurückgehen und sagen konnte, ich hätte es mir anders überlegt?

Und was erzählte ich Max? Dann käme womöglich heraus, dass ich den Schal zurückgebracht habe, weil ich ihn für einen Ladendieb gehalten hatte. Und ich war mir nicht sicher, ob ihn das freuen würde.

Aber apropos erzählen! Was sollte ich ihm denn erzählen, wenn er mich nach dem Schal fragte?

Mittwochabend, 17. September

Kurz vor vier stand ich vorm *Palast-Hotel* und wartete auf Max. Dann durchfuhr mich der Schreck meines Lebens: Felix kam auf mich zu. Ich war wie versteinert und starrte ihn nur an. Dann geriet ich in Panik, drehte mich um und ging, so schnell man gehen kann, ohne dass es nach Flucht aussieht.

»Hey, Jojo, warte!«

Jetzt gab es nur noch zwei Möglichkeiten: rennen oder mich umdrehen und so tun, als wäre alles okay. Die Tatsache, dass Felix inzwischen seine Hand auf meine Schulter gelegt hatte, schränkte die Zahl an Möglichkeiten weiter ein.

Ich drehte mich also zögernd um und sagte: »Hi.«

Er grinste. »Hi!« Dann beugte er sich vor, um mich zu küssen.

Ich wich erschrocken aus.

»Was ist?«, fragte er.

»Felix! Wir hatten doch darüber gesprochen.«

Nun grinste er noch einen Tick breiter. »Fantastisch! Es klappt.«

»Was klappt?«

»Du hältst mich für Felix.«

»Was soll das heißen?« Ich trat einen Schritt zurück und sah ihn an.

Er deutete an sich rauf und runter, drehte sich vor mir einmal um die eigene Achse und meinte: »Selbst du bist drauf reingefallen. Es wird funktionieren!«

»Max?«, rief ich ungläubig.

»Natürlich Max. Oder glaubst du, Felix und ich haben dir einen dritten Zwilling verschwiegen?«

»Aber du siehst aus wie Felix.«

»Wir sind Zwillinge.«

»Himmel, das weiß ich doch! Aber du siehst echt genauso aus wie Felix.«

»Das ist ja die Idee. Ich trage seine Klamotten und hab mir die Haare nicht gegelt. War ganz einfach.«

»Was soll das?«, rief ich, immer noch ziemlich verwirrt. »Wolltest du mir einen Schreck einjagen?«

»Nein.«

»Oder mich testen?«

»Nein.«

»Mir einen Streich spielen?«

»Du wirst mit jedem Satz wütender. Was ist denn los?«

»Damit macht man keine Scherze!«

»Es ist kein Scherz, es ist die perfekte Tarnung!«

»Tarnung wofür?«

»Sag mal, Jojo, begreifst du nicht, was das bedeutet?«

»Nein. Für mich bedeutet es, dass du wirklich einen Schritt zu weit gegangen bist.«

»Wenn du noch keinem erzählt hast, dass du nicht mehr mit Felix zusammen bist, dann bin ich eben jetzt Felix und wir können fröhlich durch die Gegend spazieren, nachher zusammen mit Lucilla und Valentin ganz entspannt ins Kino gehen und so weiter und so weiter.« Er sah mich strahlend an.

Ich guckte immer noch leicht verstört zurück. »Aber Felix ist doch gar nicht da.«

»Ja. Sonst könnte ich das ja auch nicht durchziehen.«

»Und was ist, wenn wir jemanden treffen, der weiß, dass Felix nicht da ist?«

»Das wissen doch bloß die Leute von seiner Schule. Und wie oft triffst du die? Die hängen nicht in der Stadt rum, die sind im Club.« Felix ist auf einer teuren Privatschule, deren Schüler meist unter sich bleiben, und die Nachmittage verbringen sie im vornehmen Concordia-Golfclub. Max war früher ebenfalls auf diese Schule gegangen, aber rausgeflogen. Dann war er auf einem Internat und auf noch einem und noch einem. Das ging auch nie lange gut und vor einigen Wochen hatten seine Eltern ihn auf eine öffentliche Schule geschickt, und zwar auf meine. Offensichtlich zur Strafe und aus erzieherischen Gründen. Interessant, dass es in manchen Kreisen als Bestrafung gilt, auf meine Schule gehen zu müssen.

»Oh«, machte ich und begann langsam, das ganze Ausmaß von Max' Plan zu verstehen. »Ich weiß nicht«, meinte ich schließlich zögerlich. »Das ist irgendwie … als würden wir alle belügen. Und zwar im großen Stil.«

»Das tust du doch eh schon.«

»Was? Nein.«

»Hast du Lucilla erzählt, dass mit Felix Schluss ist?«

»Nein.«

»Na bitte.«

»Aber es ist doch was anders, wenn man etwas nicht sagt. Ich lüge dann doch nicht.«

Max grinste. »Du biegst dir auch alles so zurecht, wie

es dir gerade passt. Was wir hier tun, ist auch nichts anderes. Wir lassen Lucilla im Glauben, dass zwischen dir und Felix alles okay ist.«

Ich dachte noch angestrengter nach. Was Max sagte, klang irgendwie logisch, aber es gefiel mir trotzdem nicht. So funktionierte das alles nicht. »Max, das können wir nicht machen«, entschied ich.

»Mann, das sollte das Highlight meines Tages werden! Ich habe mir echt Mühe gegeben. Ich will ausprobieren, wie es ist, als Felix durch die Gegend zu laufen.« Nun sah er mich mit einem treuen Dackelblick an. »Bitte, mach mit!« Er legte seine Hände auf meine Schultern und zog mich zu sich.

Ich schob ihn zurück. Es irritierte mich, dass er aussah wie Felix. Aber er schien mit seiner Idee sehr happy zu sein. Ich ganz und gar nicht. Ich fühlte mich mies bei dem Gedanken, Lucilla zu täuschen. Ich sollte ihr lieber endlich beichten, dass Schluss ist zwischen mir und Felix, und nicht die ganze Sache noch künstlich verlängern. Ich seufzte.

Dann hatte ich die perfekte Idee, wie Max sein Spielchen spielen konnte und ich Lucilla nicht weiter beschwindeln müsste. Begeistert rief ich: »Ich hab's! Nach dem Kino machst du mit mir Schluss!«

Max wirkte etwas verunsichert. »Und wieso bist du bei dem Gedanken so gut gelaunt?«

»Weil es genial ist.«

»Ich denke, du findest mich toll. Da war sogar schon mal von verliebt die Rede«, beschwerte er sich.

»Jetzt krieg dich wieder ein! Du machst natürlich als

Felix mit mir Schluss. Dann muss ich Lucilla gar nichts beichten: Du machst vor ihren Augen mit mir Schluss und sie ist gleich live mit dabei.«

Das war wirklich perfekt. Lucilla würde mich trösten und es wäre nicht mehr so krass, wenn ich kurz darauf offiziell mit Max zusammen wäre.

Max sah mich an, dann grinste er. »Sehr pfiffig. Jetzt weiß ich wieder, wieso du mir gefällst.«

Das Kompliment hinkte etwas und ich hatte Mühe, mich geschmeichelt zu fühlen, aber seine Augen strahlten so umwerfend, dass ich einfach zurückstrahlen musste. Max kam näher, wollte mich küssen, ich wich jedoch erneut zurück.

»Nee, lieber nicht«, sagte ich.

»Was denn? Als Felix kann ich dich doch in der Öffentlichkeit küssen.«

»Ja, aber gerade das macht mich ganz wuschig.«

»Was?«

»Dass du aussiehst wie Felix.«

»Aber darum geht es doch.«

»Weißt du, ich kann das jetzt nicht erklären, das ist zu kompliziert.«

»Zu kompliziert zu erklären oder für mich zu verstehen?«

»Beides. Gehen wir jetzt ins Hotel Tee trinken? Ich bin echt gespannt auf den *High Tea.*«

»Wieso denn? Wir müssen uns doch nicht verstecken. Ich bin doch Felix.«

Hm, ich war etwas enttäuscht. Ich hatte mich eigentlich darauf gefreut, wieder in dieses piekfeine Hotel zu gehen, vor allem weil man da ja noch nicht mal Hausverbot bekam, wenn man was verschüttete.

Max war voller Elan. »Wir bummeln durch die Stadt. Wo triffst du Lucilla?«

»Im Eiscafé. Aber erst in einer Stunde. Wir könnten vielleicht doch in dem Hotel …«

»Nein. Ich will gesehen werden. Will ausprobieren, ob mein Plan funktioniert. Lass uns schon zum Eiscafé gehen, wir können ja dort was trinken, während wir auf sie warten.«

»Aber da sind so viele von unserer Schule.«

»Genau!«

»Ich will aber gern den englischen Tee ausprobieren. Und wieder die lila Muffins essen.«

»Das machen wir ein anderes Mal. Heute will ich als Felix unterwegs sein.« Max nahm mich in den Arm und küsste mich. Es war zu spät, ihn abzuwimmeln, und als ich die Augen schloss und nicht mehr merkte, dass er aussah wie Felix, entspannte ich mich. Es war eine ziemlich gewagte Idee, aber irgendwie war sie doch ganz clever.

Max legte den Arm um mich und wir gingen los Richtung Eiscafé.

Max plante schon mal unsere Schlussszene. »Legen wir einen dramatischen Auftritt hin? Mit Anschreien? Einer kleinen Prügelei? Üblen Beschimpfungen?«, erkundigte er sich.

»Ja, wenn wir Darsteller in einer Realityshow wären.«

»Realityshow? Hm. Interessante Idee. Vielleicht könnte man da was arrangieren …«

»Wie wäre es, wenn wir einfach nur feststellten, dass wir nicht zusammenpassen, keine Gemeinsamkeiten haben oder so?«

»Das ist ja lahm.«

»Es soll ja auch kein Drama sein, sondern einfach nur eine schlichte Trennung.«

»Und wo bleibt da der Spaß? Mann, wir könnten Schlussmachgeschichte schreiben, wenn wir uns ein bisschen anstrengen.«

»Max, ich will mich nicht anstrengen, sondern einfach nur vor Lucilla …«

»Stopp! Nenn mich nicht Max. Das ist Regel Nummer eins. Sonst fliegen wir sofort auf.«

»Okay, hast recht.«

»Also, was ziehen wir ab? Ich könnte dir eine Szene machen und so tun, als wäre ich supereifersüchtig.«

»Ach, auf wen denn?«

Max sah mich an. »Na auf mich natürlich. Das war doch schließlich der Grund, oder?«

»Ja, verflixt, aber genau das will ich doch nicht zugeben.«

Max nickte. »Stimmt. Sonst verderben wir uns ja unsere heimlichen Treffen. Dann sind die ja gar nicht mehr nötig. Und das wäre echt schade, ich habe da nämlich noch ein paar geniale Ideen …«

»Die aber hoffentlich keine Verkleidungen beinhalten.«

»Hm. Da könnte man sich natürlich auch was überlegen. Denkst du da an echt krasse Sachen? Oder bloß Sonnenbrille und Schal?«

»Schal? Wieso Schal? Damit macht man sich ja nicht unkenntlich.«

»Na, also wenn du ihn vorm Gesicht trägst, wie bei einem Überfall«, grinste Max mich an. Dann fragte er: »Apropos … der Schal hat dir wohl nicht gefallen.«

»Was für ein Schal?«

»Den ich dir gestern geschenkt habe. Oder hat eure Nachbarin ihn nicht mehr rausgerückt?«

»Oh. Ja. Doch, hat sie.«

»Sie war echt aufdringlich und wollte unbedingt das Päckchen entgegennehmen und ich hab es ihr schließlich gegeben, damit meine Tarnung nicht auffliegt.«

»Tarnung? Du hattest pinke Klamotten an!«, lachte ich.

»Oh, du hast also davon gehört! Ich hatte gehofft, dass man in eurer Straße darüber spricht.«

Ich schüttelte bloß den Kopf. »Du bist echt schräg drauf!«

»War übrigens gar nicht so einfach. Wusstest du, dass es kaum pinkfarbene Kleidung für Männer gibt?«

»Nein, also das überrascht mich jetzt wirklich.«

»Ich musste schließlich mit einem Yoga-Outfit in XXL vorliebnehmen, aus der Damenabteilung.«

Ich schüttelte den Kopf. »Du bist echt … also wirklich … ziemlich durchgeknallt. Wieso machst du so was?«

»Weil's witzig ist.«

»Aber findest du das nicht etwas extrem?«

»Sag mal, sollte ich für ein solches Gespräch nicht auf einer Couch liegen?«

»Wie bitte? Ach so.« Ich sah ihn misstrauisch an. »Gehst du zu einem Therapeuten?«

Max lachte. »Nein, aber die Leute, mit denen ich zu tun habe. Und jetzt lenk nicht ab. Also, warum gefällt dir der Schal nicht?«

»Ich hab nicht gesagt, dass er mir nicht gefällt.«

»Du trägst ihn nicht und du hast ihn auch noch nicht erwähnt.«

»Ja, ähm …«

»Wo ist er?«

»Im Geschäft.«

»Bitte?«

»Ich hab ihn zurückgebracht.«

Max blieb stehen. »Was hast du? Im Ernst? Du hast ihn einfach zurückgebracht. Wow. Das ist irgendwie … dreist. Fandest du ihn so hässlich?« Da er grinste, nahm ich mal an, dass er mir nicht böse war.

»Also, das war … irgendwie kompliziert.«

Max lachte. »Wieso überrascht mich das bei dir nicht?«

Ich zuckte die Schultern und hoffte, dass er die Sache nicht vertiefen würde. Lieber ging ich weiter.

Er folgte und fragte: »Erklärst du es mir noch oder soll ich mir selbst was ausdenken?«

»Schlag mal etwas vor, vielleicht ist deine Erklärung besser als meine.«

Sie wäre es. Egal, was er sagen würde, denn dass ich ihn für einen Ladendieb gehalten habe, war nicht besonders schmeichelhaft. Wobei, womöglich würde er das für cool halten und ich wollte ihn auf gar keinen

Fall auf dumme Gedanken bringen. Aber ich könnte ihm zumindest den harmloseren Teil der Wahrheit erzählen.

»Die Nachbarin hat ihn meiner Mutter gegeben und sie hat angenommen, er sei ein Geschenk von Oskar. Und als sich dann nach einigen Peinlichkeiten herausstellte, dass er nicht von Oskar war, hat man sich darauf geeinigt, dass es wohl eine Verwechslung sein müsse, und ich wurde beauftragt, den Schal zurückzubringen. Das war alles.«

Max verzog das Gesicht. »Du hast schon bessere Geschichten erzählt.«

»Ja, aber die ist ziemlich nah an der Wahrheit. Und es war echt unangenehm, zu sehen, wie meine Mutter sich erst gefreut hat und dann ziemlich enttäuscht war, dass der Schal erstens nicht für sie und zweitens nicht von Oskar war.«

»Das tut mir leid. Ich mach das wieder gut.«

»Das kannst du nicht wiedergutmachen, der Schaden ist bereits angerichtet.«

»Na ja, kann ja nicht immer alles ein Treffer sein.«

»Wie kommst du überhaupt auf die Idee, mir einen Schal zu schenken?«

»Was ist jetzt daran das Verwerfliche? Das Schenken an sich oder dass es ein Schal war?«

»Der Schal. Ich bin kein Seidenschaltyp.«

»Normalerweise freuen sich Mädchen darüber.«

»Normalerweise? Machst du das öfter?«

»Ich hab ein Schalabo in dem Laden.«

»Nein, jetzt mal im Ernst. Wieso Schals?«

»Mein Vater schenkt meiner Mutter auch immer Schals. Und sie freut sich.«

»Sie ist erwachsen und der Schal war aus Seide und superteuer. Aber für mich? Was kommt als Nächstes, Filzpantoffeln und ein Morgenrock?«

»Das war der Plan. Du meinst also, ich soll die Bestellung besser wieder rückgängig machen?«

»Ja, bitte.«

»Wärst du bereit, mich in Zukunft zu beraten, wenn ich Mädels Geschenke machen will?«, grinste er.

War das nur ein Spruch oder hatte er ernsthaft vor, Geschenke an Mädels zu verteilen? Und falls ja – wie würde ich das finden? Na, also die Frage brauchte ich mir nicht zu stellen, ich wusste, wie ich das finden würde. Der Punkt war nur, konnte ich ihm das verbieten, ohne völlig zickig zu wirken?

Max grinste immer noch.

Ich entschied, das Ganze unter der Kategorie *belangloser Spruch* einzusortieren. »Klar, denn wenn das deine Anmache ist, brauchst du jede Hilfe, die du kriegen kannst.«

»Du bereicherst mein Leben wirklich. Ich sollte mich bei deiner Mutter bedanken. Vielleicht mit einem Schal?«

Ich musste lachen. »Wenn du keinen gesteigerten Wert auf erhöhten Teekonsum und ein intensives Problemgespräch legst, halt lieber etwas Abstand von ihr.«

»Danke für den Tipp.«

Dann waren wir beim Eiscafé. Lucilla und Valentin saßen bereits an einem Tisch und aßen Eis. Das war jetzt ungeschickt, denn wir hatten uns ja noch nicht darauf geeinigt, wieso und wie Max als Felix mit mir Schluss machen sollte. Ich wollte gerade vorschlagen, noch mal eine Runde zu drehen und uns abzustimmen, als Lucilla uns entdeckte und uns aufgeregt zuwinkte.

»Hey, ihr seid zu früh«, begrüßte sie uns.

Max lächelte Lucilla an. »Wir konnten es nicht erwarten.« Dann hielt er Valentin die Hand hin und sagte: »Hi, ich bin Felix.«

Ich stieß ihm kräftig in die Seite und sagte: »Ihr kennt euch bereits.«

Max ließ sich aber nicht aus der Ruhe bringen. »Was ist dagegen einzuwenden, sich von Zeit zu Zeit mal wieder vorzustellen?«

Valentin schüttelte ihm etwas irritiert die Hand und wir setzten uns.

»Bestellt den Amorbecher, der ist heute im Angebot. Wir haben ihn auch.« Lucilla deutete auf einen doppelt großen Eisbecher, der vor den beiden stand und aus dem sie gemeinsam löffelten. Er bestand aus Schoko- und Himbeereis. Darüber waren großzügig kleine Schoko- und rote Weingummiherzen gestreut.

»Was zeichnet den Amorbecher denn aus?«, erkundigte sich Max. »Wird er von Amor persönlich serviert? Kommt, wenn ich den bestelle, ein kleiner halbnackter dicker Engel mit dem Eisbecher angeflogen? Und wenn man den gegessen hat, verliebt man sich dann in die erste Person, der man daraufhin in die Augen schaut? Das könnte riskant sein, was, wenn ich aus Versehen Valentin anschaue?«

Valentin warf ihm einen verächtlichen Blick zu.

Na toll, das fing ja gut an!

»Er ist für bereits Verliebte«, kicherte Lucilla.

»Dann bestellen wir gleich zwei«, nickte Max.

»Der ist schon für zwei.«

»Aber Jojo und ich sind ziemlich verliebt …«, sagte Max und sah mich übertrieben schmalzig an.

Ich warf ihm einen tadelnden Blick zu. So startet man nicht, wenn man Schluss machen will.

»Noch«, meinte Max daraufhin.

Ich stöhnte auf. Max war die Schwachstelle in meinem perfekten Plan.

»Ich will eine Eisschokolade«, sagte ich.

Als der Kellner kam, fragte Max nach lila Muffins.

»Das ist ein Eiscafé und keine Bäckerei«, sagte der Kellner kurz.

Max sah sich gespielt erstaunt um. »Stimmt. Gut, dann nehmen wir zweimal Eisschokolade für Verliebte.«

Der Kellner meinte: »Eisschokolade für Verliebte servieren wir nicht.«

»Was heißt das? Wenn man verliebt ist, bekommt man keine Eisschokolade?«

Das Gesicht des Kellners verfinsterte sich etwas. Valentins ebenfalls.

»Ma… Mann, lass den Unsinn«, schimpfte ich Max an. Dann wandte ich mich an den Kellner und sagte: »Zweimal Eisschokolade.«

Der Kellner ging und Max sah mich gespielt entsetzt an. »Du weißt, was das bedeutet?«

»Was?«

»Wir müssen Schluss machen!«

»Idiot!«, zischte ich ihm zu.

Er grinste.

»Jojo!«, tadelte mich Lucilla.

Valentin lächelte mich kurz an, er war wohl meiner Meinung.

Max legte den Arm um meine Schultern und zog mich zu sich. Leise flüsterte er mir ins Ohr: »Du bist süß, wenn du wütend bist«, küsste mich dann auf die Wange und sah mir tief in die Augen.

Mein Ärger war verflogen, ich strahlte. Max war auf eine charmante Art dreist. Ich konnte ihm einfach nicht böse sein.

Er griff nach meiner Hand und hielt sie fest. »Alles okay?«, fragte er, während er mir weiterhin in die Augen blickte.

Ich seufzte und nickte.

Der Kellner brachte die Eisschokolade, stellte sie wortlos vor uns, warf Max noch einen abschätzigen Blick zu und ging wieder.

»Er mag mich nicht«, jammerte Max.

»Ich denke, er hat sich über deine Bestellung geärgert«, erklärte Lucilla leise.

»Was hab ich falsch gemacht?«, fragte Max treuherzig.

Bevor Lucilla antworten konnte und Max die Sache wieder ins Lächerliche ziehen würde, wandte ich mich an Lucilla. »Erzähl mal von dem Film.«

Sie wollte gerade anfangen, da kam Malou mit ihrem Gefolge. Max winkte ihr zu. Sie warf kurz einen Blick auf uns, sah durch uns hindurch und setzte sich ein paar Tische weiter hin. Ich zog beleidigt meine Hand aus seiner.

»Wieso tut sie so, als ob sie mich nicht kennt?«, fragte Max verwundert.

»Weil sie dich nicht kennt. Sie kennt nur deinen Bruder!«, raunte ich ihm verärgert zu.

»Richtig«, meinte Max. »Ich komm da immer ganz durcheinander.«

»Wobei kommst du durcheinander?«, fragte Lucilla.

»Es ist nicht leicht, ein Zwilling zu sein«, seufzte Max. »Man wird so oft verwechselt, dass man langsam selbst nicht mehr weiß, wer man ist.«

Mir wurde heiß und kalt.

»Also ich finde, dass du und Max euch sehr wohl unterscheidet«, meinte Lucilla.

»Ach ja? Wodurch zum Beispiel?«, fragte Max mit größtem Interesse.

»Das ist jetzt völlig egal. Lucilla, erzähl lieber von dem Film.«

Max griff wieder nach meiner Hand, aber ich war sauer und wollte sie ihm nicht geben. Also hielt er meine Hand fest und zog sie zu sich auf den Tisch. Sosehr ich mich auch dagegen wehrte, Max ließ nicht los. Es gab ein kleines Gerangel, ich versuchte es mit einem kleinen Ruck. Es klappte zwar, aber dabei stieß ich leider seine Eisschokolade um. Der Inhalt schoss mit Schwung auf sein Hosenbein. Hach! Geschieht ihm recht! Ich sah ihn triumphierend an.

Max grinste zurück. Dann sah er auf seine Hose und es schien ihm etwas einzufallen. Plötzlich sprang er auf und rief: »Also, Jojo, ich denke wirklich nicht, dass unsere Beziehung eine Zukunft hat. So geht das nicht, wir sollten uns trennen.«

Ich sah ihn völlig entgeistert an und wollte rufen: »Doch nicht jetzt, du Döspaddel!«, musste aber eine elegantere Art und Weise finden, ihm mitzuteilen, dass der Zeitpunkt verfrüht war. Ich wollte zur Premiere und er ja wohl auch. Wenn wir jetzt Schluss machten, könnten wir den Film knicken. Man sitzt nach einer Trennung nicht sofort anschließend friedlich nebeneinander im Kino.

»Vielleicht reden wir *nach* dem Film darüber?«, sagte ich und sah Max beschwörend an.

»*Nach* dem Film«, wiederholte er und nickte. Er hatte verstanden, was ich ihm sagen wollte. »Das ist definitiv der bessere Zeitpunkt.«

Lucilla und Valentin sahen sich an und wenn ich ihre Blicke richtig interpretierte, sagte Valentin: *Der Typ spinnt.* Und Lucilla antwortete: *Ja, bin ganz deiner Meinung.* Dann schienen Valentins Augen Lucilla zu bitten: *Tu was.* Sie nickte, stand auf und wandte sich an mich. »Ich geh mal zur Toilette. Jojo, kommst du mit?«

»Nein, ich muss nicht.«

»Doch, ich denke schon.«

»Nein, echt, ich …«

Lucilla hatte mich am Ärmel gepackt und zog.

»Ich muss mal dringend aufs Klo«, teilte ich Max und Valentin mit.

Bereits auf dem Weg zur Toilette fiel Lucilla über mich her. »Was ist bloß mit Felix los, Jojo? Er ist heute so komisch.«

»Er ist nicht komisch.«

»Doch. Er ist überhaupt nicht nett zu Valentin und dabei haben sich die beiden doch beim letzten Mal ganz gut verstanden. Felix verhält sich ausgesprochen merkwürdig. Er hat sich verändert.«

Moment, das war doch eigentlich eine ganz gute Vorlage.

»Ja, finde ich auch, er ist schon länger etwas merkwürdig. Er hat sich wirklich verändert.«

»Vielleicht ist das ja nur so eine Phase und es legt sich wieder?«

Ich machte ein sehr unglückliches Gesicht. Und das war nicht gespielt, ich fühlte mich mies, weil ich Lucilla anschwindelte. Dann nahm sie mich auch noch in den Arm und sagte tröstend: »Vielleicht können wir ja irgendetwas tun?«

Mein Gewissen wurde rabenschwarz und ich dachte, ich sollte mich jetzt mal langsam der Wahrheit nähern.

»Weißt du, Lucilla«, begann ich vorsichtig, »ich … ich will eigentlich nicht mehr mit Felix zusammen sein. Ich bin nicht mehr in ihn verliebt.«

Sie drückte mich noch fester. »Das tut mir so leid für dich.«

Ich atmete tief durch und sagte: »Es würde mich nicht wundern, wenn wir Schluss machen«, sagte ich bemüht beiläufig, aber Lucilla war sofort alarmiert.

»Aber nicht vor dem Film, sonst ist die ganze Stimmung hin!«, rief sie.

Ich war etwas verblüfft. Kein Widerspruch? Sie sorgte sich nur um die Stimmung?

»Du findest es okay, wenn ich mit Felix Schluss mache?«

Lucilla zuckte die Schultern. »Weißt du, ich denke, Valentin und Felix werden sich nie wirklich gut verstehen.«

»Valentin und Felix? Was ist mit mir?«

»Du verstehst dich doch mit Valentin.«

»Es geht doch nicht um Valentin. Es geht um mich.«

»Ja, stimmt. Also wenn du nicht mehr in Felix verliebt bist, dann bringt das ja wohl auch nichts, wenn du weiter mit ihm zusammen bist.«

»Aber du warst doch dagegen, dass ich mit ihm Schluss mache.«

»Ja, weil er und Valentin gerade anfingen, sich besser zu verstehen. Aber so, wie Felix sich eben benommen hat, wird das nie was.«

Ich schüttelte den Kopf. Da machte ich mir Gedanken, wie ich Lucillas Gefühle schone und mir einen langen Vortrag von ihr ersparen könnte, und sie hakt das alles ganz schnell ab, weil ihr Valentin Felix nicht mag. Das heißt, genau genommen mag er ja Max nicht. Inzwischen war ich selbst schon etwas verwirrt.

»Also, noch mal, damit ich sicher bin, dass ich dich richtig verstehe … Ich mache mit Felix Schluss?«

Lucilla nickte. »Aber erst nach dem Film. Und bloß nicht, wenn wir dabei sind. Ich kann so was nicht ertragen. Ich muss dann bestimmt heulen. Und das verdirbt mir den ganzen weiteren Abend mit Valentin.« Nun schniefte sie. »Verflixt, das hättest du mir nicht sagen sollen, jetzt bin ich ganz deprimiert!«

Ah, das war jetzt wieder die Lucilla, die ich kannte! Ich nahm sie in den Arm und tröstete sie. »Ach, Lucilla, nimm es nicht so schwer. Wir kriegen das schon hin.«

Meine Freundin nickte tapfer. Dann sagte sie: »Hör mal, bei deinem nächsten Freund achte aber mal darauf, dass er sich mit Valentin versteht. Ich mag Viererdates nämlich wirklich gerne.«

Toll. Da hätte ich Max anzubieten, von dem sie gerade eine sehr gemäßigte Version erlebt hatte.

Donnerstagmorgen, 18. September

Lucilla hat meine Trennung von Felix ganz gut überstanden. Und ich bin froh, dass ich zumindest diese Tatsache nicht mehr vor meiner besten Freundin geheim halten muss. Nur Max ist nicht zufrieden. Es war eine Riesenenttäuschung für ihn, als ich ihm nach dem Kino mitteilte, dass kein weiterer Auftritt nötig sei, weil Lucilla mich gebeten habe, nicht in ihrem Beisein Schluss zu machen.

Er versuchte zu verhandeln, dass er dann wenigstens noch einmal als Felix irgendwo in Erscheinung treten dürfe, um mich wüst zu beschimpfen. Oder zu jammern und zu heulen. Je nachdem, er wollte sich nicht festlegen. Ich musste hart kämpfen, um ihn davon abzubringen, denn mein Argument, dass der echte Felix dann ziemlich dämlich dastehen würde, leuchtete ihm zunächst nicht so ganz ein.

Phase eins hatten wir also hinter uns. Phase zwei sieht vor, dass wir uns noch eine Zeit lang heimlich treffen, schon deshalb, weil Max mittlerweile so viel Spaß an den heimlichen Treffen gefunden hat und meint, sein Vorrat an Ideen sei noch lange nicht erschöpft. Phase drei ist dann: Traumpaar Jojo und Max gehen in die Öffentlichkeit.

Ich liebe es, mit Max Zeit zu verbringen. Max ist einfach obercool. Man weiß nie, was er im nächsten Moment macht. Er ist frech, unbekümmert und unglaublich charmant. Und ich bin unglaublich verliebt in ihn.

Im Gegensatz zu unserer Trennung verlief Max' Schalaktion leider nicht so glimpflich. Sie hatte schwere Auswirkungen auf unser Familienleben. Oskar versuchte gestern Abend, herauszubekommen, was meiner Mutter an dem Teil so gefallen hatte. Meine Mutter jedoch wollte mit Oskar nicht mehr über die Sache reden. Es war ihr wohl unangenehm, dass sie sich so über ein Geschenk gefreut hatte, das A) nicht von Oskar stammte und B) gar nicht für sie bestimmt war. Sie wich allen seinen Fragen aus.

Nach dem Abendessen zog ich mich in mein Zimmer zurück. Ich saß noch nicht, da steckte meine Mutter den Kopf zur Tür rein. »Ich muss mit dir reden«, flüsterte sie.

Ich bekam sofort ein schlechtes Gewissen, ging im Geiste alle meine Sünden der letzten Wochen durch und versuchte, eine Hitliste zu erstellen von den Dingen, die auf keinen Fall herauskommen sollten, beziehungsweise von denen, die nicht so viel Ärger bedeuten würden.

Meine Mutter sah mich abwartend an.

Was sollte das? Bildete sie sich ein, dass ich gestehe, ohne dass sie Fragen stellt? Nein, also sie wird sich schon die Mühe machen müssen, mir zu sagen, worum es geht. Erst mal würde ich ganz cool bleiben.

Ich bemühte mich, dass keine allzu große Panik in der Stimme mitschwang, als ich »Ja?« sagte.

Sie schlüpfte schnell zur Tür rein, suchte vergeblich einen Sitzplatz, legte die Stirn in Falten und bekam einen mütterlich-tadelnden Ausdruck auf ihrem Gesicht. Ich verstand, fegte schwungvoll den Kleiderberg von meinem Schreibtischstuhl und machte eine einladende Geste. Sie kämpfte kurz mit sich, ich machte mich auf eine Strafpredigt gefasst, aber dann hatte sie sich wohl dagegen entschieden und lächelte stattdessen. Das beunruhigte mich, denn das bedeutete, dass sie ein größeres Anliegen hatte. Und ein Vortrag über Ordnung im Zimmer erschien mir plötzlich gar nicht mehr so lästig. Ich seufzte und versuchte, mich zu wappnen.

Meine Mutter setzte sich, beugte sich etwas zu mir und fragte leise: »Hast du den Schal zurückgegeben?«

Ich zuckte leicht zusammen. Das Schalthema war heikel. Das konnte schiefgehen. Ich musste mich konzentrieren und durfte keinen Fehler machen. Möglichst neutral sagte ich: »Ja.«

»Und?«

»Und er ist wieder im Laden.«

»Ich meine: Was haben sie gesagt?«

»Ähm … Danke.«

»Das ist alles? Nur danke?«

Sie verunsicherte mich. »Was hätten sie denn deiner Meinung nach sagen müssen?«

»Also ich denke, sie hätten sich entschuldigen müssen.«

Ich nickte. »Ja, ich glaube, sie haben auch Entschuldigung gesagt.«

Meine Mutter schien nicht zufrieden. »Das finde ich echt schwach.«

»Sie haben sich *vielmals* entschuldigt«, versuchte ich, meine Mutter etwas glücklicher zu machen.

»Und für wen war er?«

Ich sah sie an und hoffte, aus ihrem Gesicht herauszulesen, ob sie die Antwort bereits kannte und das nur eine Trickfrage war. Es schien eine ganz normale Frage zu sein. Trotzdem war ich auf der Hut, als ich antwortete. »Ich … habe nicht gefragt.«

»Aber das ist doch wichtig! Vielleicht war er ja doch für mich. Und dann möchte ich wissen, von wem.«

Murks, jetzt aber schnell eine gute Erklärung! »Also, wenn ich genau überlege, erinnere ich mich daran, dass zwei Verkäuferinnen sich über den Vorfall unterhalten, in einem Buch nachgesehen und festgestellt haben, dass eine Kundin sich den hat zuschicken lassen und dass die Verwechslung zustande kam, weil … der Bote die Lieferadresse falsch gelesen hat.«

»Wieso sagst du das nicht gleich?«

»Weil ich nicht wusste, dass dich das so brennend interessiert.«

Sie zuckte die Schultern. Dann meinte sie: »Der Schal war wirklich toll.«

Ich überlegte, wie ich sie dazu bewegen könnte, wieder mein Zimmer zu verlassen, ohne unhöflich zu sein. Schließlich fiel mir nur ein zu sagen: »Ich hab noch Hunger, ich geh mal in die Küche.«

»Wir haben doch gerade zu Abend gegessen.«

»Ja, ich hab mich wohl hungrig gegessen.«

»Wie kann man sich hungrig essen?«

»Weiß ich auch nicht. Willst du hierbleiben?«

»Nein, ich muss noch Wäsche bügeln.«

Sehr gut. Wir verließen gemeinsam mein Zimmer und ich ging Richtung Küche. Als meine Mutter zum Bügeln abbog, sauste ich schnell wieder nach oben. Ich hatte mich gerade etwas erschöpft auf mein Bett fallen lassen, da klopfte es an die Tür.

»Ja?«

»Hier ist Oskar. Kann ich reinkommen?«, flüsterte er durch die Tür.

Schnell schlüpfte er ins Zimmer und nahm auf dem Schreibtischstuhl Platz, der sicher noch warm war von meiner Mutter. Ich kam mir vor wie eine Beratungsstelle für … was? Hilfe suchende Erwachsene?

»Jojo, ich brauche deine Hilfe.«

Na bitte, sag ich doch. Aber das war okay, zumindest hatte er nicht vor, Verhöre oder Befragungen durchzuführen.

»Worum geht's?«

»Um den Schal.«

Ich sank zusammen.

»Deine Mutter hat sich ja wirklich sehr darüber gefreut. Und ich möchte ihr doch auch eine Freude bereiten. Deshalb muss ich wissen, wieso sie sich so sehr gefreut hat.«

»Ähm, was meinst du damit?«

»Na ja, war es die Überraschung? Der Schal selbst? Dass er teuer war? Oder der Bote im pinken Outfit?«

Ich musste lachen. »Der ganz sicher nicht. Also komm nicht auf die Idee, im pinken Yogadress rumzulaufen.«

»Yogadress? Wie kommst du darauf, dass er Yogakleidung trug?«

Murks. Ich sollte besser aufpassen, sonst verplapperte ich mich noch. Ich zuckte die Schultern. »War nur so eine Vermutung.«

»Ist ja auch egal, das hatte ich ja nicht ernst gemeint.«

Bei meinem momentanen Nervenkostüm sollte er keine Scherze machen.

»Also, was meinst du?«, fragte Oskar.

»Was jetzt?«

»Na, worüber sie sich am meisten gefreut hat?«

Mann, jetzt musste ich mich aber voll konzentrieren. Es galt, die richtige Antwort zu finden. Aber genau genommen konnte ich nicht gewinnen. Wenn ich sagen würde, über den Schal, würde sich Oskar schlecht fühlen, weil er sich ein solches Teil gar nicht leisten kann. Wenn ich sagte, über die Überraschung, würde er sich schlecht fühlen, weil er nicht auf die Idee gekommen war, sie einmal mit einem Geschenk zu überraschen.

»Also eins können wir schon mal ausschließen: Mam legt keinen Wert auf teure Geschenke. Sie hat sich immer sehr viel mehr über ein selbst gemaltes Bild oder ein selbst geschriebenes Gedicht gefreut als über gekaufte Pralinen.«

Oskar sah mich an. »Schlägst du mir gerade vor, ich soll ihr ein Bild malen oder ein Gedicht schreiben?«

»Nein, ich rede von Flippi und mir. Von Geschenken, die wir ihr gemacht haben. Ich will damit nur sagen, dass sie nicht durch Geld zu beeindrucken ist. Also, ein Geschenk muss nicht teuer sein.«

Oskar nickte beruhigt.

Das war schon mal ganz gut gelaufen. Nun musste ich mich behutsam weiter vortasten. Aber Oskar war in eine Grübelei verfallen, aus der ich ihn nicht herausholen wollte. Ich saß also nur schweigend da und sah ihm beim Nachdenken zu.

Schließlich sagte er: »Ich frage mich inzwischen, ob es wirklich eine Verwechslung war.«

Wow! Das hatte ich nicht kommen sehen. Ich wurde rot und fragte mit gebremster Panik: »Was soll es denn sonst gewesen sein?«

»Es gibt noch eine andere Möglichkeit.«

»Welche?« Meine Stimmer klang etwas schrill.

»Dass es *keine* Verwechslung war.«

Okay, nun war Panik angesagt. Ich schluckte und schwieg und wartete.

Oskar zögerte etwas, dann begann er vorsichtig: »Wir haben doch einen neuen Regisseur ... Kai. Und der ... also, man könnte sagen, dass er ziemlich gut aussieht, und dauernd will er etwas mit deiner Mutter besprechen. Das macht mich stutzig.«

»Er ist euer Regisseur und sie die Kostümbildnerin. Ich denke, ich liege nicht allzu falsch, wenn ich annehme, dass sie über Kostüme reden. Wie er sich die vorstellt, wie sie sich die vorstellt. Bespricht er mit dir denn nicht das Bühnenbild?«

»Ja, schon, aber das ist was anderes, ich bin ja ein Mann und mir gefällt er nicht.«

»Ich bin sicher, dass er Mam auch nicht gefällt.«

Oskar nickte. »Das hat sie auch schon gesagt.«

»Na bitte. Ist dein Problem damit gelöst?«

»Nein. Denn was ist, wenn sie ihm gefällt?«

»Dann ist das doch sein Problem.«

Oskar grübelte weiter. »Der Schal macht mir zu schaffen.«

»Wie kommt denn jetzt der Schal ins Spiel?«

»Aber verstehst du denn nicht, Jojo? Ich denke, er war von ihm.«

»Was? Nein! Echt nicht!«

»Wieso bist du dir da so sicher? Ich werde ihn zur Rede stellen.«

»Oskar, nein! Hör zu, ich ... weiß, dass es eine Verwechslung war. Den Schal hat eine Kundin für sich selbst gekauft und die vom Laden haben die Lieferadresse falsch notiert. Also, fang bloß keinen Krach mit dem Regisseur an! Der Schal war *nicht* von ihm!«

Oskar wirkte sehr erleichtert, als er sich Richtung Küche verabschiedete. Erschöpft ließ ich mich in meine Kissen fallen.

Bevor ich auch nur durchatmen konnte, ging die Tür erneut auf. Flippi stiefelte wortlos herein und begann, mein Zimmer zu durchsuchen.

»Hey!«, rief ich.

Sie hob abwehrend die Hand und meinte, während sie unbekümmert weitersuchte: »Lass dich nicht stören, beachte mich gar nicht.«

»Ich würde dich ja sehr gerne nicht beachten, aber das ginge viel besser, wenn du in einem anderen Zimmer wärst. Wenn du also bitte wieder verschwinden würdest ...«

»Sobald ich gefunden habe, was ich suche.«

»Was immer du suchst, ich hab es nicht.«

»Also bei der Unordnung kannst du darüber gar keinen Überblick haben.« Sie stoppte kurz, kratzte sich am Kopf und murmelte: »Ich werde wohl alles durchwühlen müssen.«

Ich sprang hoch, baute mich vor Flippi auf und versperrte ihr den Weg. »Wag dich keinen Schritt weiter«, sagte ich drohend.

Aber Flippi ist angstfrei. Sie lässt sich nie einschüchtern. Sie schob mich zur Seite, inspizierte meinen

Schreibtisch und dann alles, was darum herum verstreut lag. Sie hielt kurz inne und stöhnte: »Mann, Jojo, echt, ist dein Kleiderschrank explodiert? Ich stehe hier knietief in T-Shirts und Pullovern. Hier könnten kleine Nagetiere leben, ohne dass du es merkst.«

»Jetzt sag gefälligst, was du suchst.«

»Meine Fahrradtaschen von meinem Kinderfahrrad.«

»Du hast dich geweigert, sie zu benutzen, weil sie rosa waren und kleine Feen draufhatten.«

»Ja, richtig. Also, wo sind sie?«

»Das weiß ich doch nicht. Das ist Jahre her. Jedenfalls nicht in meinem Zimmer.«

Flippi stoppte die Sucherei und richtete sich auf. »Da ich nun schon mal hier bin, hast du vielleicht einen Rucksack? Das ginge auch.«

Ich ging zu meinem Schrank und zerrte einen Rucksack hervor. Ich hielt ihn Flippi hin. Sie warf einen kurzen Blick darauf, schüttelte den Kopf und meinte: »Zu groß.«

Ich wollte ihn wieder zurücklegen, da fragte Flippi: »Ist da noch ein Schulbrot drin?«

»Ein Schulbrot? Hast du Hunger?«

»Nein. Also, was ist? Schau nach.«

Ich tat es und musste zugeben, dass in meinem Rucksack tatsächlich außer ein paar verloren geglaubten Büchern auch noch eine Tüte mit einem alten Pausenbrot war. Aber das wollte ich ihr nicht sagen. Es war mir etwas unangenehm.

»Da ist nichts drin. Hör mal, selbst wenn da noch ein

Schulbrot drin wäre, kannst du das nicht mehr essen. Ich hab den Rucksack seit einem halben Jahr nicht mehr benutzt.«

»Ich suche nichts zum Essen für mich, sondern ich bin gerade damit beschäftigt, Fossilien herzustellen.«

»Bitte *was*?«

»Wenn man Essen lange genug aufhebt und es die Schimmel- und Verwesungsphase hinter sich hat, müsste es eigentlich versteinern. Und das könnte ich dann als fossile Schulbrote oder so verkaufen. An Museen zum Beispiel.«

»O Gott, Flippi, wie eklig! Also was ist mit dem Rucksack? Brauchst du ihn?«

»Hab ich doch schon gesagt: zu groß. Ich brauche einen kleinen Rucksack.«

»Wie groß denn?«

»Klein.«

»Wie klein?«

»Etwa Hundegröße.«

Nun wurde ich etwas misstrauisch. Hundegröße? »Soll da etwa ein Hund reinpassen?«

»Aber nein, der Hund soll den Rucksack tragen können.«

»Was ist denn das für eine Idee? Züchtest du jetzt Wanderhunde?«

Flippi dachte kurz nach. Dann meinte sie: »Nein, keine brauchbare Idee.«

»Also, was hast du vor?«

»Meine Lippen sind versiegelt.«

»Hat das was mit Señor Gonzalez zu tun? Wo ist er?«

»In meinem Zimmer.«

Ich horchte auf. »In deinem Zimmer?«

»Ja.«

»Er hat seinen Platz unter dem Couchtisch verlassen?«

»Na ja, nicht wirklich.«

Ich lief zu ihr rüber und sah, was sie meinte: Señor Gonzalez lag unter dem Wohnzimmercouchtisch, der nun hier in Flippis Zimmer stand.

»Du hast den Tisch in dein Zimmer geschleppt?«, fragte ich, als ich wieder zurück war.

»Ja, der Hund war nicht anders dazu zu bewegen, die Treppe hochzugehen. Ich hatte das vorher getestet und den Tisch in die Küche, in den Flur und auch in den Garten gestellt, immer ist er da hingelaufen und hat sich druntergekauert. Also hab ich den Tisch in mein Zimmer gestellt.«

»Wieso?«

»Weil ich mit ihm arbeiten muss.«

»Mit dem Tisch oder dem Hund?«

Flippi machte eine kurze Reißverschlussbewegung quer über ihren Mund.

»Weiß Mam, dass der Tisch nicht mehr im Wohnzimmer steht?«

»Keine Ahnung. Das Wohnzimmer wird ja selten benutzt.«

»Aber ist ihr nicht aufgefallen, dass Señor Gonzalez nicht mehr unten ist?«

»Nein. Aber das hat er sich selbst zuzuschreiben, er ist kein sehr familienfreundlicher Hund. Er hängt nicht mit uns rum, läuft nicht hinter uns her, freut sich nicht, wenn wir kommen. Reagiert nur auf Leberwurstbrote und liegt ansonsten immer nur unter dem Tisch rum.«

Flippi hatte recht, Señor Gonzalez bewegte sich wirklich kaum von seinem Lieblingsplatz weg. Wenn er mal muss, läuft er durch die Hundeklappe, die Oskar ihm in die Tür zum Garten eingebaut hat, nach draußen und zieht sich dann gleich wieder unter den Tisch zurück. Er hat auch kein großes Interesse an Spaziergängen, es sei denn, er entdeckt eine Bank, dann legt er sich schnell darunter.

»Er kann von Glück sagen, dass ich mich mit ihm beschäftige«, meinte Flippi.

Da war ich allerdings nicht so sicher. »Du tust doch nichts, wo sich der Tierschutz einschalten müsste?«

Flippi empörte sich plötzlich: »Pah, ich bin die größte Tierschützerin überhaupt! Frag mal meine Schnecken!«

»Schon gut. Bist du jetzt fertig mit dem Durchsuchen meines Zimmers?«

»Ja. Ich werde Mami nach den Fahrradtaschen fragen. Die müssten ihm perfekt passen.«

»Ihm passen?! Was führst du im Schilde? Willst du ihn als Lastesel vermieten?«

Flippi sah mich an. »Vermieten? Hm. Interessantes Konzept.«

»Flippi, was immer du vorhast, tu es nicht.«

»Ich muss erst mal genau überlegen, was ich vorhabe, bevor ich es nicht tue. Danke für die Idee.« Dann verließ sie mein Zimmer.

Ich konnte nur hoffen, dass – was immer sie ausbaldowern würde – es mich nicht in Schwierigkeiten bringen würde. Wäre mal ganz schön, zur Abwechslung an etwas nicht schuld zu sein.

Donnerstagmittag, 18. September

Als ich heute Morgen gut gelaunt an der Schule ankam, wurde meine Freude etwas getrübt, weil Max mit Malou und ihren Freundinnen rumstand. Wieso nervte es ihn nicht, dass diese Mädels ihn so anhimmelten?

Ich überlegte, wie ich mich mit Max für heute Nachmittag zum Tee im Hotel verabreden könnte. Ich wollte mir nämlich diese englische Teegeschichte auf keinen Fall entgehen lassen. Aber ich konnte ja nicht einfach hingehen und ihn fragen. Und ihn unter dem Vorwand, sein Bruder hätte mir etwas für ihn ausgerichtet, wollte ich ihn nicht schon wieder von seinen Fans weglocken. Das hatten wir ja gerade. Ich brauchte was anderes. Da fiel mir sein Trick mit dem Brötchen ein.

Treffen wir uns zum Tee?, schrieb ich auf einen Zettel. Dann kramte ich in meiner Schultasche und zog mein Pausenbrot hervor. Leberwurst! Hatte ich das Frühstück von Señor Gonzalez erwischt? Kaute er jetzt auf meinem Nutellabrötchen herum? Egal, es war ja nur ein Transportmittel für meine Nachricht. Ich legte den

Zettel zwischen die Brotscheiben. Erst nachdem ich das getan hatte, fiel mir auf, dass es keine gute Idee war, und als ich das Brot wieder aufklappte, bestätigte sich mein Verdacht: Der Zettel war verschmiert, man konnte nichts lesen und es war ziemlich eklig. Leberwurstbrote eignen sich nicht. Ich warf den Zettel weg, packte mein Leberwurstbrot wieder ein und suchte nach Geld. Fünfzig Cent. Dafür bekam ich beim Frühmo ein Laugenbrötchen. Das Frühmo heißt eigentlich Frühstücksmobil, es ist eine Art Wohnwagen, der vor dem Schulgelände parkt und Brötchen, Obst und Getränke verkauft.

Ein trockenes Laugenbrötchen war definitiv die bessere Alternative, um eine heimliche Nachricht zu verstecken. Ich schrieb einen neuen Zettel, kaufte ein Laugenbrötchen, bohrte ein Loch ins Brötchen und schob den Zettel rein. So, dann müsste ich jetzt nur noch das Brötchen zu Max bringen. Hm. Aber irgendwie wäre es wenig elegant, wenn ich da hinlaufen und ihm das Laugenbrötchen überreichen würde. Ich fing einen der kleineren Jungs ab. »Hey, warte mal, ich hab eine Bitte«, sagte ich und hielt ihm das Brötchen hin. Ich sah mich nach Max um, mein Plan war, auf ihn zu deuten und den Kleinen zu bitten, ihm das Brötchen zu bringen. Doch bevor ich das sagen konnte, hatte der Knirps den Zettel rausgezogen und gelesen. Daraufhin gab er ihn mir zurück, sagte: »Nee, hab keine Lust, aber danke«, biss in das Brötchen und verschwand.

Ich sah ihm verblüfft hinterher. Was war denn das? Dann war ich empört. Erstens weil jetzt mein Brötchen weg war und zweitens weil der doch ernsthaft angenommen hatte, ich habe ihn um eine Verabredung gebeten. Spinnt der? Murks! Obermurks! Und jetzt? Ich brauchte einen neuen Plan.

Lucilla traf auf dem Schulhof ein und als sie mich entdeckte, lief sie sofort zu mir. »Und wie fühlst du dich?«

»Gut.«

»Gut?«

»Also, okay«, milderte ich meine Antwort etwas ab.

»Und Felix?«

»Gut.« Ich korrigierte mich: »Also, okay. Er … hat kein Problem damit.«

»Na Gott sei Dank. Bist du schon wieder bereit für einen neuen Freund?«

»Ähm, ich weiß nicht. Wieso fragst du?«

»Wir haben gestern Abend einen Jungen getroffen, der in Valentins Klasse ist. Er hat sich gerade von seiner Freundin getrennt und ist echt nett und Valentin mag ihn und da dachte ich …« Sie stoppte, weil sie bemerkte, dass ich sie völlig entgeistert ansah. »Was ist?«, fragte sie.

»Ich … brauch jetzt erst mal eine Pause.«

»Verstehe ich. Sag Bescheid, wenn du wieder so weit bist. Aber warte nicht zu lange, der ist echt süß, der wird sicher bald wieder vergeben sein.«

»Ja. Ich beeile mich.«

Lucilla gelang es doch immer wieder, mich zu verblüffen. Aber was soll's, ich hatte erst einmal andere Sorgen. Denn ich wollte unbedingt, bevor die Schule begann, mit Max reden. Nur, wie sollte ich das anstellen? Mir fiel partout kein belangloser Grund ein.

»Achtung, er kommt«, flüsterte Lucilla plötzlich.

»Wer?«

»Max.«

Ich fuhr herum. Max hatte seine Fans verlassen und steuerte tatsächlich auf Lucilla und mich zu. Mir schoss das Blut in den Kopf, meine Knie wurden weich und ich war kurz davor, laut und verliebt aufzuseufzen. Max sah einfach umwerfend gut aus.

»Das war aber sehr auffällig«, tadelte mich Lucilla.

»Was war auffällig?«, fragte ich panisch. Sah man mir an, dass ich in ihn verliebt war?

»Wie du dich umgedreht hast.«

»Ich wusste nicht, dass ich mich unauffällig umdrehen sollte.«

Lucilla musterte mich. »Bist du immer noch in ihn verknallt?«

Ich zögerte. Wenn Lucilla mir bereits anbot, einen neuen Freund für mich zu suchen, hätte sie vielleicht kein Problem damit, dass ich jetzt mit Max zusammen bin. Das wäre meine Chance, es ihr zu sagen.

»Obwohl, wenn du nicht mehr in Felix verliebt bist, bist du auch nicht mehr in Max verliebt. Schließlich sind sie ja Zwillinge und irgendwie austauschbar«, meinte sie dann.

Und nun stand auch schon Max vor uns. »Ladys, euer Anblick versüßt mir den Morgen«, begrüßte er uns.

Lucilla kicherte ein wenig.

Ich zog ein Gesicht. So begrüßt er immer Malou und ihre schnatternden Gänschen.

Max hielt mir einen Umschlag entgegen.

Ich sah ihn fragend an.

»Von meinem Bruder«, meinte er und zwinkerte mir zu.

Ich wurde rot.

»Oje«, rief Lucilla.

»Oje?«, fragte Max.

Lucilla beugte sich etwas zu Max und sagte: »Sie hat mit ihm Schluss gemacht.«

»Ach was? Das erklärt natürlich einiges.« Er grinste mich irgendwie vielsagend an.

Nun wurde ich dunkelrot. Da ich nicht nach dem Umschlag griff, nahm ihn Lucilla entgegen.

»Er ist für Jojo«, sagte Max.

Lucilla gab ihn mir.

Dann trollte Max sich wieder zu seinen Mädels zurück.

Lucilla sah ihm nach. »Also, weißt du, da kann man sagen, was man will, aber er ist schon umwerfend charmant und cool.«

Ich seufzte.

Lucilla nahm mir den Umschlag aus der Hand und bevor ich eingreifen konnte, sah sie hinein. Ich hielt erschrocken die Luft an und erstarrte. Sie zog etwas hervor und betrachtete es eingehend. »Es ist eine Fahrkarte in eine andere Stadt, etwa eine halbe Stunde von hier entfernt«, teilte sie mir mit.

»Was soll denn das?«, wunderte ich mich.

Lucilla überlegte, dann sah sie mich aufgeregt an: »Felix will sich mit dir dort treffen. Er will dich zurückerobern.«

Felix will sich mit mir dort treffen? Aber ... ach Unsinn, die Fahrkarte ist natürlich von Max. Ich lächelte. Ja, das klang nach Max. Er hatte wirklich verrückte Ideen.

»Wieso lächelst du? Hast du doch noch Gefühle für ihn?«

Ach, ich musste es Lucilla einfach sagen.

»Hör mal, Lucilla, kannst du ein Geheimnis für dich behalten?«

»Aber natürlich.«

Ich holte tief Luft, doch bevor ich ihr von Max und mir erzählen konnte, sagte sie: »Außer Valentin werde ich niemandem ein Sterbenswörtchen erzählen. Worum geht's?«

Außer Valentin?

»Kannst du vielleicht darauf verzichten, es Valentin zu erzählen?«

»Nein. Das letzte Mal, als ich Valentin auf deine Bitte hin etwas verschwiegen habe, wäre fast unsere Beziehung in die Brüche gegangen. Du erinnerst dich? Schüleraustausch, Frankreich, wo du diesen Franzosen geküsst hast, es Tim nicht sagen wolltest und ich es vor Valentin geheim halten musste? Und du es dann selbst erzählt hast!«

Ich nickte und ein Hauch von schlechtem Gewissen flackerte auf. Ja, das war keine meiner Sternstunden gewesen.

»Wir haben seither keine Geheimnisse mehr voreinander. Wir erzählen uns alles«, erklärte mir Lucilla und ein unausgesprochener Vorwurf klang mit.

»Das ist sehr ... lobenswert«, sagte ich.

»Also, worum geht es?«

Ich zögerte und wurde nervös.

Lucilla betrachtete mich und rief plötzlich: »Du bist verliebt!«

»Wie kommst du denn darauf?«, fragte ich erschrocken.

»Intuition!«

Ich stöhnte.

»Wer ist es?«

»Ich ... will lieber doch nicht darüber reden.«

»Aber du bist verliebt?«

Das konnte ich doch gefahrlos zugeben, oder? Ich musste ihr ja nicht sagen, dass es Max war. Und irgendwie war es doch sehr praktisch, ich könnte Lucilla vorschwärmen, sie um Rat fragen, mit ihr Pläne schmieden, ich müsste nichts mehr verheimlichen. Nur eben den Namen. Ja, das war eine perfekte Entwicklung!

Ich lächelte. »Ja. Ich habe jemanden getroffen, den ich toll finde.«

»Wer ist es?«

»Das kann ich ... darf ich nicht sagen.«

»O mein Gott, es ist jemand Berühmtes!«, rief Lucilla aufgeregt.

»Nein, woher soll ich denn berühmte Leute kennen?«

»Ist er auf unserer Schule?«

»Nein!«, rief ich sofort.

»Also auf einer anderen Schule?«

Ich zögerte.

»Er ist doch noch auf einer Schule?«, fragte Lucilla alarmiert.

»Natürlich, was denkst du denn!«, sagte ich empört.

»Okay. Auf welcher Schule ist er?«

Vielleicht war es doch keine so gute Idee, es Lucilla zu erzählen. Sie würde keine Ruhe geben, bis sie wusste, wer es war. Ich bereute, dass ich mich auf das Gespräch eingelassen hatte. Ich wollte es jetzt so schnell wie möglich beenden und es uninteressant für sie machen.

»Er ist auf einem Internat. Ziemlich weit weg von hier. Und wir sehen uns eigentlich gar nicht.«

»Eine Fernbeziehung? Ach, du Arme! Erzähl, wie und wann und wo habt ihr euch kennengelernt?«

»Weißt du, ich glaube, ich bin auch schon gar nicht mehr so sehr in ihn verliebt«, versuchte ich zurückzurudern. »Es ist alles sehr kompliziert.«

Es klingelte zur ersten Stunde. Halleluja, das war jetzt zunächst mal die Rettung!

»Wir reden ein anderes Mal in Ruhe darüber.«

»Okay, dann lass uns reingehen«, sagte Lucilla.

Ich zögerte. »Ich muss noch mal mit Max reden … wegen der Fahrkarte.«

Lucilla nickte. »Vielleicht weiß er ja, was sein Bruder damit gemeint hat.«

»Genau. Also, ich komm gleich nach.«

»Ich warte hier auf dich.«

»Geh ruhig schon vor und halte mir einen Platz frei«, sagte ich etwas geistesabwesend, weil ich meinen Blick auf Max gerichtet hatte und wartete, dass sich die Gruppe um ihn langsam auflöste und alle in die Klassenräume gingen.

»Einen Platz freihalten? Jojo, die haben genug Plätze in der Klasse.«

»Bitte? Ja, ähm, ich meine doch neben dir.«

»Du sitzt immer neben mir.«

Die Zeit drängte, ich musste konkreter werden. »Ich denke, es ist besser, wenn ich mit ihm alleine rede. Vielleicht will er vor anderen nicht über seinen Bruder und so reden.«

Lucilla zögerte kurz, dann nickte sie. »Ja, das kann sein. Aber erzähl mir nachher, was er gesagt hat.«

»Na klar.«

Max spazierte inzwischen mit seinem Gefolge auf das Schulgebäude zu. Ich stand wartend davor. Er spazierte an mir vorbei.

»Hey«, rief ich ihm hinterher. Als er sich umdrehte, hob ich den Umschlag in die Höhe und sagte: »Ich hätte da noch mal eine Frage ...«

Max bedeutete seinen Mädels, schon mal reinzugehen, und kam zu mir zurück. Er grinste mich in seiner umwerfend charmanten Art an.

Meine Knie reagierten wieder mit einem Schwächeanfall.

»Was für eine Frage denn? Wie man den Umschlag öffnet?«

»Nein, das hab ich schon geschafft. Übrigens mit Lucillas Hilfe, danke, dass du mich fast in Schwierigkeiten gebracht hast.«

»Das mach ich doch gerne«, sagte er. »Und was war jetzt deine Frage?«

»Na, was ich mit der Fahrkarte soll!«

»Sie benutzen.«

»Ist das ein dezenter Hinweis, dass ich die Stadt verlassen soll?«

Max lachte. »Wie kommst du denn auf die Idee?«

»Es ist bloß eine einfache Fahrt.«

Max kam etwas näher. »Ich hab die Rückfahrkarte. Wir treffen uns nachher am Bahnhof, fahren los und dann können wir uns benehmen, wie wir wollen, weil uns dort ja keiner kennt. Wir haben sozusagen sturmfrei.«

Das klang wirklich verlockend. Ich strahlte ihn an. Er legte seine Hand in meinen Nacken, zog mich etwas näher und machte Anstalten, mich zu küssen.

»Verflixt, lass das!«

»Ich hätte es eh nicht getan, ich mag es nur, wie du dich jedes Mal so aufregst.«

Ich zog seine Hand von meinem Nacken, bemühte mich um ein tadelndes Gesicht und schüttelte den Kopf. »Du bist echt unmöglich.«

Max nickte. »Und genau das gefällt dir.«

»Na, geht so«, meinte ich. Doch er hatte natürlich recht.

»Aber jetzt zu unserem Plan. Also, wir treffen uns kurz nach der großen Pause am Bahnhof, dann …«

»Was? Jetzt, heute? Was ist mit Schule?!«

»Keine Sorge, du hast die nächsten beiden Schulstunden Zeit, dir eine Ausrede zu überlegen. Wie du siehst, nehme ich auf deine Gefühle Rücksicht. Ich weiß ja, dass es dir Schwierigkeiten bereitet, Schule zu schwänzen. Und jetzt kannst du dir in aller Ruhe was Glaubwürdiges ausdenken.«

»Wow, danke, echt überwältigend, wie viel Rücksicht du auf mich nimmst.«

»Hör ich da einen Tadel raus?«

»Na, ich hoffe doch, sonst bist du dümmer, als ich dachte.«

»Jetzt sei doch mal etwas lockerer. Wir tun doch nichts Schlimmes, wir haben Spaß, das ist alles. Es schadet niemandem.«

»Ich will aber nicht Schule schwänzen, ich fühle mich ganz elend dabei. Und wenn das rauskommt, kriegen wir Riesenärger.«

»Ich verspreche dir, dass du keinen Ärger kriegst.«

»Solange mir das nicht unser Schuldirektor verspricht, glaub ich nicht daran.«

Max sah mich mit treuherzigen Augen an. »Jojo, ich habe mich so auf unseren Ausflug gefreut. Bitte komm mit. Nur noch dieses eine Mal und in Zukunft überlege ich mir was für nachmittags. Okay?«

Ich schmolz dahin und seufzte. »Wir schleichen uns also in der großen Pause vom Schulhof?«

»Du. Ich gehe erst gar nicht in die Schule, ich bin nur gekommen, um dir die Fahrkarte zu geben. Ich muss jetzt in die Stadt, was erledigen.«

»Was denn?«

»Nur kurz was wieder in Ordnung bringen. Wir treffen uns dann am Bahnhof. Okay?«

Ich lächelte schwach. »Okay.«

»Du bist echt cool, Jojo«, sagte Max und schenkte mir erneut ein unwiderstehliches Lächeln.

Dann lief ich schnell in die Klasse, während Max das Schulgelände verließ.

Nach der zweiten Stunde erzählte ich Frau Schröder wieder was von einem Señor-Gonzalez-Notfall, da das ja beim letzten Mal so gut funktioniert hatte.

»Ist in Ordnung, dann geh nach Hause«, meinte sie etwas zögernd, aber dann fügte sie hinzu: »Ich finde deinen Einsatz wirklich sehr lobenswert, Jojo, aber ich befürchte, ihr müsst euch auf Dauer eine andere Lösung einfallen lassen. Du kannst nicht immer den Unterricht versäumen.«

Ich nickte. Sobald ich offiziell mit Max zusammen war, müssten wir uns ja nicht mehr heimlich treffen und die Zeit des Schuleschwänzens wäre sowieso vorbei. »Wir arbeiten daran.«

»Spricht Señor Gonzalez denn inzwischen ein wenig unsere Sprache?«

Ich sah sie sehr erstaunt an. Ging ihre Tierliebe nicht ein wenig zu weit? »Also, ich denke nicht. Er ist generell sehr schweigsam, er bellt ja nicht einmal.«

Nun sah sie mich sehr erstaunt an. »Mutet ihr euch da nicht etwas viel zu, ihn bei euch aufzunehmen?«

»Na ja, wenn wir ihn nicht genommen hätten, hätte er ins Heim gemusst.«

Sie machte ein bekümmertes Gesicht. »Was tut er denn so den ganzen Tag?«

»Er liegt unter dem Couchtisch.«

Nun riss sie entsetzt die Augen auf. »Wirklich?«

»Ja, er ist völlig eingeschüchtert.«

»Jojo, er gehört in psychiatrische Behandlung!«

»Psychiatrische Behandlung für einen Hund?«

»Hund?«

»Ja, Señor Gonzalez ist ein Hund.«

»Ein Hund?«, wiederholte sie erneut.

Murks, das hätte ich nicht sagen sollen! Jetzt würde sie mich niemals gehen lassen, sie hatte offensichtlich geglaubt, Señor Gonzalez wäre ein Mensch!

»Ein Hund!« Nun lachte sie laut und konnte kaum aufhören.

Ich sah sie ängstlich an.

»Ich hatte geglaubt …« Sie prustete und konnte vor Lachen nicht weitersprechen. »Ich dachte … ach du lieber Himmel!«

Ich war etwas gekränkt und sagte: »Also ich finde, dass Hunde auch ernst genommen werden müssen und man sich um sie kümmern sollte.«

»Aber natürlich, Jojo, das verstehe ich. Dann lauf mal jetzt schnell nach Hause und kümmere dich um euren Hund.«

Ich sah sie ziemlich verblüfft an, diese Wendung hätte ich jetzt nicht erwartet. Sie hatte wirklich ein Herz für Hunde. Ein sehr großes.

Schwieriger war es, Lucilla zu erklären, wieso ich jetzt die Schule verlassen würde.

Ich begann vorsichtig mit: »Ich fühle mich nicht besonders gut.«

»Die Sache mit Felix macht dir zu schaffen, was?«

Ja, das wäre eine Möglichkeit. Ich nickte.

»Wann triffst du ihn?«

O gut, sie hatte die Abfahrtszeit auf der Fahrkarte nicht gesehen.

»Heute Nachmittag.«

Ich stöhnte etwas und griff mir an den Kopf. »Ich fühle mich echt mies. Ich denke, ich gehe nach Hause und lege mich ins Bett, damit ich heute Nachmittag fit bin.«

»Oder du sagst ihm ab.«

»Nein, ich will … das klären.«

»Es ist wirklich eine Schnapsidee von Felix, dich in eine andere Stadt zu bestellen.«

»Allerdings. Das werde ich auch klären. Und jetzt gehe ich erst mal nach Hause.«

Lucilla versprach, für mich Notizen zu machen, damit ich den versäumten Unterricht nachholen konnte, und ich versprach ihr, genau Bericht zu erstatten, was Felix wollte und wieso er auf so eine dumme Idee gekommen war, sich mit mir in einer anderen Stadt zu verabreden.

Donnerstagabend, 18. September

Max stand wie versprochen am Bahnhof. Unser Zug kam und wir stiegen ein. Als wir saßen, griff ich nach seiner Hand.

»Moment«, sagte Max.

Ich hielt inne. »Was ist?«

»Überleg dir das gut. Wenn du jetzt meine Hand nimmst, darfst du sie für den Rest des Tages nicht mehr loslassen.«

»Wieso denn das?«

»Das ist eine Wette. Ich wette, dass du es nicht durchhältst.«

Ich musste lachen und versuchte, im Geiste durchzugehen, ob es wohl Situationen gäbe, in denen ich beide Hände bräuchte.

»Werden wir was essen gehen?«

»Natürlich.«

»Kann ich aussuchen, was?«

»Ja.«

»Gut. Bei Pommes ist das kein Problem, die kann ich mit einer Hand essen.«

»Bist du sicher?«

»Klar, sobald wir ankommen, werde ich es dir zeigen.«

»Bin gespannt. Also gilt es?«, fragte er und hielt mir seine Hand hin.

Ich zögerte kurz, dann sagte ich: »Okay, aber nur für eine Stunde.«

Max nickte. »Eine Stunde reicht mir.«

»Wofür?«

»Um dir zu beweisen, dass du es nicht schaffst.«

»Natürlich schaffe ich das. Die Wette gilt!«

Er griff nach meiner Hand und hielt sie fest.

»Halt!«, rief ich. »Nicht die rechte. Die brauch ich. Nimm meine linke.«

»Zu spät.«

»Die linke ist echt ungeschickt.«

»Mit welcher Hand wirfst du immer Gläser um?«

»Das kann ich mit beiden.«

»Na also, dann bist du ja nicht eingeschränkt.«

»Aber wenn ich was schreiben muss, mit links geht das nicht.«

»Okay, dann verschicken wir eben keine Ansichtskarten von unserem Ausflug.«

Er grinste, beugte sich zu mir, um mich zu küssen. Unsere Hände waren etwas im Weg, aber ich hielt seine eisern fest. Wir schoben unsere Arme etwas ungelenk zwischen uns.

»Worum wetten wir eigentlich?«, fragte ich nach dem Kuss.

»Der Sieger ist der Bestimmer für den Rest des Tages.«

»Gut, ich denke schon mal nach, was du alles tun musst.«

»Falls es wirklich dazu kommen sollte, kann ich dir meine Liste geben.«

»Du hast bereits eine Liste geschrieben?«

»Nein. Ich dachte bloß, das klingt jetzt gut.«

Der Schaffner kam, um die Fahrkarten zu kontrollieren. Max griff in seine Jackentasche und zeigte ihm seine. Ich begann mit meiner linken Hand in meiner rechten Jackentasche nach dem Ticket zu fischen. Ohne Erfolg. Es sah nicht nur umständlich aus, es war auch umständlich. Schließlich zerrte ich einhändig meine Schultasche vom Boden auf meinen Schoß und versuchte, sie mit derselben Hand offen zu halten und darin herumzusuchen.

»Können wir das etwas beschleunigen?«, fragte der Schaffner.

Ich sah bedauernd auf meine unbrauchbare Hand, dann bat ich Max: »Ausnahme?«

Er schüttelte den Kopf. »Wenn du meine Hand loslässt, hast du verloren.«

Ich beugte meinen Kopf zur Schultasche runter, hielt nun die Tasche mit meinem Kinn auf und meine freie Hand machte sich auf die Suche nach der Karte. Sie steckte noch im Umschlag, den ich dem Schaffner jetzt überreichte.

Er sah mich nur an.

»Da drin ist die Karte.«

Er stöhnte leicht, nahm den Umschlag entgegen, entwertete die Karte und gab alles wieder zurück.

Kopfschüttelnd ging er zum nächsten Fahrgast.

»Na bitte, geht doch!«, sagte ich zu Max. »War überhaupt kein Problem.«

Max nickte und reichte mir einen Schokoriegel aus seiner Tasche.

Ich sah ihn nur gelangweilt an, griff mit meiner freien Hand danach, nahm eine Ecke der Verpackung zwischen die Zähne, riss sie auf, pustete das Stückchen Papier weg und aß.

»War das als Test gedacht?«, fragte ich kauend.

»Nein, als Stärkung.«

»Nicht nötig, ich kann ewig deine Hand halten.«

Ich kuschelte mich an ihn und betrachtete unsere Hände, die nach wie vor fest umeinander geschlossen waren. Eine Weile lächelte ich glücklich vor mich hin, dann seufzte ich. Langsam tat meine Hand weh. Von wegen romantisch. Es war anstrengend, Max' Hand zu halten.

»Weißt du«, meinte ich schließlich, »Händchenhalten wird total überbewertet.«

Max grinste. »Gibst du auf?«

»Nein!«

Aber es war echt nicht so einfach, wie ich dachte.

Als wir angekommen und aus dem Zug gestiegen waren, liefen wir Hand in Hand zur ersten Frittenbude, die wir sahen, und Max bestellte eine Portion Pommes.

»Mit Ketchup«, rief ich.

Als der Verkäufer mir ein Ketchuptütchen hinlegte, grinste Max. Murks, das hatte ich nicht bedacht! Ich nahm das Ketchuptütchen, hielt mit den Zähnen eine Ecke fest und zog daran, um es zu öffnen.

»Wenn du dich mit Ketchup bekleckerst, hast du die Wette verloren.«

»Das kann ich nicht gelten lassen, das passiert mir auch, wenn ich beide Hände benutze. Ich habe Ketchuptütchen noch nie öffnen können.« Tja, ich würde wohl auf den Ketchup verzichten müssen.

»Soll ich es für dich aufmachen?«, bot der Mann von der Frittenbude an.

»Hach!«, machte ich zu Max. Und zum Verkäufer sagte ich: »Das wäre supernett von Ihnen, damit retten Sie mich.«

»Na, ich dachte eher daran, dass ich meinen Tresen rette.« Der Typ hatte unser Gespräch natürlich mit angehört.

Nun grinste Max.

Ich zuckte die Schultern. »Es hat auch seine Vorteile, wenn man ungeschickt ist.«

Der Verkäufer hatte mir mittlerweile den Inhalt des Ketchuptütchens auf meine Pommes gequetscht, ich stippte rein und aß.

Max beobachtete mich eine Zeit lang, dann sagte er: »Weißt du eigentlich, dass wir uns durch Ketchup kennengelernt haben?«

»Im Ernst?«

»Du bist mir aufgefallen. Auf Rafaels Party. Du hast dir Ketchup auf den Kaviar getan.«

»Stimmt!«, rief ich, begeistert darüber, dass er sich daran erinnerte. Dann verfinsterte sich mein Gesicht. »Und du warst echt ätzend zu mir.«

»Na, weil du so merkwürdiges Zeug zu mir gesagt hast.«

»Ich hab dich für Felix gehalten.«

»Ja, richtig.«

»Wäre ich dir auch ohne den Ketchup auf dem Kaviar aufgefallen?«

Max sah mich an und überlegte. »Ich glaube nicht.«

»Was? Wieso?«

Max grinste leicht. »Ich denke, du fällst einem erst auf, wenn du in Aktion bist. Aber dann hinterlässt du einen bleibenden Eindruck.«

Das klang nicht wirklich nach einem Kompliment. »Also wenn ich hier so ganz normal rumlaufen würde, würdest du mich nicht ansprechen?«

»Du läufst nie ganz normal rum.«

»Doch, aber dann sieht mich meist niemand.«

Max sah mich plötzlich mit einem breiten Lächeln an.

»Was?! Was ist dir gerade eingefallen?«, fragte ich misstrauisch.

»Ich hab eine super Idee.«

»Ich denke, erst mal einigen wir uns nur darauf, dass du offensichtlich eine Idee hast. Ob sie super ist, sag ich dir, wenn du mir erzählt hast, worum es geht.«

»Wir lernen uns kennen!«

Ich sah ihn nur an.

»Was ist?«, fragte er aufgeregt.

»Ich warte noch auf die super Idee.«

»Das war sie: Wir lernen uns kennen!«

»Okaaay«, sagte ich gedehnt. »Hilf mir doch mal mit ein paar Erläuterungen auf die Sprünge.«

»Wir tun so, als ob wir uns nicht kennen. Du läufst hier in der Stadt rum, wir begegnen uns zufällig, ich quatsch dich an und wir lernen uns kennen.«

Die Sache gefiel mir und das Ganze hatte außerdem den Vorteil, dass er dafür meine Hand wieder freigeben müsste.

»Was ist mit der Wette? Hab ich die gewonnen?«, erkundigte ich mich.

»Nein, es steht unentschieden.«

»Also ich lass jetzt los?«

Max nickte. Wir lösten unsere Hände.

Ich bewegte meine vorsichtig, schüttelte und massierte sie. »Mann«, stöhnte ich, »ich bin mir nicht sicher, ob die menschliche Hand dafür geschaffen ist, lange in ein- und derselben Position zu verharren. Tut deine Hand nicht weh?«

»Nein, ich hab trainiert.«

»Mit wem?«

»Mit meiner anderen Hand.«

Ich lachte. »Also, wohin gehen wir?«

»Deine Entscheidung. Geh irgendwo hin, tu irgendwas, ich folge dir und dann werde ich dich ansprechen.«

Ich schlenderte los und konzentrierte mich darauf, mich nicht nach Max umzudrehen. Ich hörte Schritte hinter mir. Dann lief Max neben mir her. Ich ignorierte ihn. Er hielt mich am Ärmel fest. »Sorry, aber kann es sein, dass du gerade diesen Zehn-Euro-Schein verloren hast?«

Ich zupfte ihm das Geld aus der Hand, meinte: »Ja, danke«, und ging weiter.

Er kam hinter mir her. »Du könntest mich zum Kaffee einladen. Als Finderlohn.«

Ich sah ihn musternd an und sagte: »Nein, danke.«

Max blieb kurz stehen.

Ich steuerte auf einen Buchladen zu. Max überholte

mich, lehnte sich lässig an die Eingangstür des Ladens und lächelte mich an, als ich dort ankam.

»Hi«, sagte er zu mir.

Ich sah ihn nur hochmütig an und betrat wortlos den Laden.

Er folgte mir, etwas irritiert, wie ich aus den Augenwinkeln erkennen konnte. Pah, ich würde es ihm nicht leicht machen!

An einem Regal mit Büchern für Teenager begann ich, die Titel zu lesen, und zog ein Buch heraus.

Er kam angeschlendert, stellte sich vor dasselbe Regal und besah sich die Bücher. Dann drehte er sich zu mir. »Entschuldige bitte, dass ich dich anspreche«, meinte er sehr höflich, »aber ich brauche eine Beratung.«

Ich deutete über meine Schulter. »Dafür gibt es Verkäufer.«

»Ja, aber ich suche etwas für meine Schwester und die ist genau in deinem Alter und deshalb bist du besser geeignet. Welches Buch würdest du mir empfehlen?«

Ich nahm eins aus dem Regal und hielt es ihm hin. *Hexen küsst man nicht,* stand groß auf dem Buchdeckel.

»Hexen, hm. Gehörst du dieser Zunft an? Ist mir gar nicht aufgefallen. Hast du deinen Besen vor dem Laden geparkt?«

»Nein, im Parkhaus. Sonst wird er wieder abgeschleppt.«

»Passiert das öfter?«

»Öfter, als mir lieb ist.«

»Ja, ist nicht einfach, wenn man einer Minderheit angehört. Hast du Probleme mit Diskriminierung?«

»Nein. Nur damit, von irgendwelchen Typen angequatscht zu werden«, sagte ich, stellte das Buch zurück ins Regal und verließ den Laden.

Draußen holte Max mich ein und stellte sich mir in den Weg. »Hey, was soll das? Du hältst dich nicht an die Spielregeln.«

»Es gab keine Spielregeln.«

»Doch. Die Spielregel ist, wir lernen uns kennen. Wieso lässt du mich immer abblitzen?«

»Weil ich festgestellt habe, dass du eigentlich gar nicht mein Typ bist.«

»Ich bin jedermanns Typ.«

»Also mir bist du eigentlich zu arrogant, zu gut aussehend, zu geschniegelt und gelackt und zu sehr von dir überzeugt.«

»Aber, he, das macht meinen Charme aus!«

»Nee, das sorgt eher dafür, dass du einem auffällst. Dass man dich cool findet, aber das heißt noch nicht, dass man dich deshalb *gut* findet.«

»Und wieso stehen wir dann jetzt hier zusammen rum?«

»Weil, wenn man dich besser kennengelernt hat, verfliegt der erste Eindruck und dann bist du echt … cool.«

»Aber genau das war doch der erste Eindruck: dass ich cool bin. Hast du eben selbst gesagt.«

»Ja, aber …« Murks. Ich seufzte. Er hatte recht. Max wirkte cool und er war es auch.

Er grinste. »Also hast du eben nicht so reagiert, wie du eigentlich auf mich reagieren würdest? Du würdest mich nicht abblitzen lassen.«

Ich nickte etwas unwillig.

»Aber wie ist es bei dir?«, fragte ich. »Wenn du mich nicht kennen würdest und mich gerade eben hier zum ersten Mal gesehen hättest, hättest du mich angesprochen? Ehrliche Antwort!«

Max überlegte. »Na ja. Du wärst mir wahrscheinlich nicht aufgefallen.«

»Kannst du versuchen, noch was Nettes über mich zu sagen?«

»Kein Problem. Du bist wohltuend anders als die meisten Mädels. Du bist chaotisch, witzig, etwas durchgeknallt, man hat jede Menge Spaß mit dir, du bist für sämtliche Verrücktheiten zu haben, redest dich in vertrackte Situationen – ich finde dich ziemlich cool.«

»Also außer *cool* war die Ausbeute ziemlich dürftig.«

»Das muss reichen, das Ergebnis spricht für sich.«

»Was für ein Ergebnis?«

»Dass du mir gefällst.« Er nahm mich in den Arm und küsste mich. Dann fragte er: »Krieg ich meine zehn Euro eigentlich zurück?«

Es war ein grandioser Tag! Ich hatte echt noch nie so viel Spaß mit jemandem und ich verliebte mich noch ein wenig mehr in Max.

Als ich am späten Nachmittag noch ganz selig von meinem Ausflug nach Hause kam, fand ich Oskar in der Küche vor, wie er ziemlich wütend auf und ab lief.

»Jetzt schlägt's aber dreizehn!«, schimpfte er.

»Es tut mir leid«, stammelte ich sofort, weil ich annahm, meine Blaumacherei sei aufgeflogen.

»Es ist doch nicht deine Schuld«, schimpfte er weiter.

Da hatte er recht, Max war daran schuld. Aber bevor ich den belaste, dachte ich, frage ich besser mal nach, was Oskar denn überhaupt meint. »Weshalb bist du eigentlich sauer?«

»Schau dir das an!«

Auf dem Küchentisch lag eine Schachtel von Lasander. Sie war geöffnet und ein Schal lag daneben. Ich riss die Augen auf. Das war der Schal, den ich zurückgebracht hatte!

Oskar reichte mir ein kleines Kärtchen. »Das lag in der Schachtel«, sagte er grimmig.

Darauf stand:

Der hat Dir doch so gut gefallen. Viel Spaß damit!
Oskar

Ich sah ihn ungläubig an. »Du hast ihr den Schal gekauft? Mensch, Oskar! Wahnsinn!«

»Eben nicht! Ich hab ihn nicht gekauft, der ist nicht von mir. Ich hab damit nichts zu tun.«

»Ja, aber, wieso ist der Schal denn jetzt wieder hier?«

Das war ja fast unheimlich, ein Schal, der immer wieder zurückkehrt. Dann riss ich die Augen auf und biss mir schnell auf die Lippen. Max! Max muss das arrangiert haben. Ich schluckte und fragte: »Hat Mam den Schal schon gesehen?«

»Ja.«

»Was sagt sie?«

Oskar gab mir einen Brief.

Zögernd nahm ich ihn und las.

Oskar,
Du bist wunderbar, aber das hättest Du nicht tun sollen. Er ist viel zu teuer!
Ich muss noch mal zur Waldbühne, die lösen nämlich ihren Theaterfundus auf und ich gucke, ob wir davon etwas übernehmen können. Bin bald wieder da. Dann feiern wir den Schal!

»Au weia!« Ich sah ihn an. »Was wirst du tun?«

»Was ich tun werde?«, wiederholte er und schnaubte wütend. »Ich werde in den Laden gehen und will wissen, wer sich diesen Scherz erlaubt!«

O boy, o boy, bloß nicht!

»Ich könnte das für dich übernehmen«, bot ich an.

»Nein, das erledige ich selbst.«

Murks.

»Wirst du es Mam sagen?«

»Wie oft soll ich deine Mutter denn noch enttäuschen? Sie hat sich jetzt bereits zweimal über ein Geschenk gefreut, das ich ihr gar nicht gemacht habe!«

»Ja, genau. Am besten sagst du ihr nichts davon und tust so, als wäre der Schal von dir«, nickte ich.

»Jojo, das kann ich nicht. Das ist … Betrug, es ist eine

Lüge. Nicht zu fassen, dass ich ihr das antun muss. Aber wer immer dahintersteckt, wird sein blaues Wunder erleben!«

Ich stöhnte verzweifelt auf. Es sah aus, als wären keine Vertuschungsversuche mehr möglich. Jetzt half nur noch eins: die Wahrheit. Die ganze Wahrheit. Na ja, vielleicht würde ja auch ein Teil der Wahrheit genügen, nämlich der Teil, der nötig war, um Oskar zu beruhigen. Ein paar Dinge sollten vielleicht besser im Dunkeln bleiben. »Oskar ... ich weiß, wer ... Ich kann das erklären. Mit dem Schal. Es war eine Verkettung von unglücklichen Umständen und es war eigentlich nett gemeint.«

Oskar sah mich misstrauisch, aber höchst interessiert an.

Ich schluckte und sagte: »Der Schal ist von Max.«

»Max? Wie kommt er dazu, deiner Mutter einen Schal zu schenken?«

»Lass mich erst mal ausreden und alles erklären«, bat ich. Ich hatte Angst, aus dem Konzept zu kommen. Schließlich musste ich mich ja konzentrieren, die heiklen Parts wegzulassen. »Max hat den ersten Schal eigentlich für mich geschickt.«

»Was? Wie kommt dieser Bengel dazu, dir einen so teuren Schal zu schenken?«

»Es war ... eine Wette. Und ... er hat auch noch anderen Mädchen Schals geschenkt.«

»Gott, was ist los mit euch Teenagern?« Er sah mich böse an.

»Ich hab doch nichts getan.«

»Dieser Max hat definitiv zu viel Geld. Teure Seidenschals an junge Mädchen verschenken! Was denkt der sich! So ein Geschenk kannst du nicht annehmen.«

»Hab ich auch nicht. Ich hab den Schal doch zurückgebracht! Und ihm Vorwürfe gemacht und erzählt, was das für Verwicklungen bei uns zu Hause gab: weil sich Mam erst so gefreut hatte und dann enttäuscht war. Und er hat gesagt, er will das wiedergutmachen. Deshalb bin ich ziemlich sicher, dass Max den Schal noch mal geschickt hat – diesmal wirklich für Mam und in deinem Namen.«

»Was denkt der sich denn? Ich lass mir doch von ihm keinen Schal für meine Frau bezahlen!«

»Aber er hat es doch gut gemeint.«

»Darum geht es nicht. Und wenn der verwöhnte Bengel mal eine Minute nachdenken würde, wüsste er, dass man so etwas nicht tut. Er hat mich echt in Schwierigkeiten gebracht! Was soll ich denn jetzt tun?!«

»Was wäre, wenn du einfach gar nichts tun würdest?«, schlug ich vor. Das wäre meine Lieblingslösung des Problems.

Oskars nicht.

»Ich soll deine Mutter im Glauben lassen, ich hätte ihr diesen Schal geschenkt? Nein. Wirklich nicht. Wenn sie sich bei mir bedankt, werde ich mich ganz elend fühlen und jedes Mal, wenn sie ihn trägt, werde ich ein schlechtes Gewissen haben.«

Oskar dachte voraus. Hm. Interessant. Vielleicht vermied man so Ärger.

»Aber, du tust es doch für sie …«, nahm ich die Verhandlung wieder auf. »Offensichtlich mag sie den Schal doch.«

Oskar warf dem guten Stück einen bösen Blick zu und knurrte: »Wenn sie dieses Teil unbedingt behalten möchte, dann bezahle ich es wenigstens.«

»Das ist doch eine gute Lösung, dann musst du Mam nicht enttäuschen, sie freut sich und du fühlst dich besser.«

»Von besser fühlen kann überhaupt nicht die Rede sein.« Er nahm den Schal, hob ihn kurz hoch, ließ ihn dann wieder fallen und meinte: »Der kostet bestimmt über hundert Euro.«

»Zweihundertfünfundachtzig«, teilte ich ihm mit.

Oskar sah mich entsetzt an. »Wissen Max' Eltern, was er da treibt?«

Ich zuckte die Schultern. »Im Prinzip schon. Er darf bei dem Laden anschreiben lassen und die Eltern bekommen einmal im Monat die Rechnung.«

»Meine Güte! Halte dich bloß von ihm fern. Er ist das, was ich als *schlechten Umgang* bezeichnen würde.« Oskar tigerte wütend in der Küche hin und her und schimpfte vor sich hin. »Unglaublich! Dreihundert Euro! Verzogener Bengel! Dämlicher Schal!«

Dann verfiel er in Schweigen, schließlich blieb er stehen und sagte: »Ich weiß jetzt, was ich tun werde. Ich werde deiner Mutter einen Schal kaufen. In diesem Laden.«

»Aber wieso denn die Mühe? Hier liegt doch einer.«

»Nein, mit diesem erwürgst du morgen Max und bringst die Mordwaffe anschließend in das Geschäft zurück.«

Ich sah Oskar sehr überrascht an. Er neigt eigentlich nie zu Gewalt und ich fühlte mich als Auftragskiller nicht besonders wohl.

»Das war ein Scherz!«, fuhr er mich an.

»Aber ich kann doch nichts dafür.«

»Doch. Du hast uns diesen Kerl ins Haus geschleppt. Und den will ich in Zukunft hier nicht mehr sehen. Ich bin nicht sicher, ob ich Felix' Anblick in der nächsten Zeit ertrage.«

»Aber Felix hat doch gar nichts getan.«

»Zwillingspech.«

Wow, Oskar war wirklich richtig sauer. Und ich hatte die Chance verpasst, ihm mitzuteilen, dass Felix eh kein Thema mehr war. Schade. Oskar lief weiter auf und ab und schimpfte immer noch. »Nicht zu fassen, dass ich jetzt fast dreihundert Euro ausgeben muss.«

»Aber, Oskar, wieso willst du so viel Geld für einen Schal ausgeben?«

»Weil ich deine Mutter nicht enttäuschen will und ich den Anblick, wenn sie diesen Schal anhat, nicht ertragen würde. Wenn sie sich über einen Schal freut, dann bitte über den, den ich ihr ausgesucht habe und den ich bezahlt habe. Ich werde ihr sagen, dass der Laden den falschen Schal geschickt hat. Ich gehe jetzt in die Stadt.«

»Aber dann könntest du doch den Schal hier gleich mitnehmen und zurückgeben.«

»Nein. Das ist dein Problem. Mit diesem Ding will ich nichts zu tun haben. Ich gehe da jetzt ganz normal in den Laden und kaufe als liebender Ehemann einen viel zu teuren Schal für meine Frau.« Es klang nicht sehr liebend, es klang ziemlich wütend. Er ging zur Tür, drehte sich noch mal um und sagte: »Und für den Rest des Monats werden wir hier trocken Brot essen.« Er deutete auf den Schal. »Lass das Ding verschwinden. Ich will nicht, dass es noch hier rumliegt, wenn deine Mutter zurückkommt.«

Ich nickte ergeben, ließ mich, als Oskar gegangen war, erschöpft auf einen Küchenstuhl sinken und seufzte laut.

Tja, ich hätte Max jetzt sehr gerne gesagt, dass seine Aktion, die Sache mit dem Schal wiedergutzumachen, ziemlich nach hinten losgegangen war, dass Oskar ihn nun hasste und wir beide wohl nie offiziell zusammen sein könnten.

Und außerdem hätte ich ihm gerne gesagt, wie toll ich unseren Ausflug gefunden hatte. Aber das ging ja erst morgen in der Schule.

Freitag, 19. September

Am nächsten Tag wartete ich auf der Straße vor unserer Schule auf Max, um ihn abzufangen, bevor er den Schulhof betrat und sich Malou wieder auf ihn stürzen und ihn in Beschlag nehmen konnte. Max wurde meist vom Chauffeur seines Vaters gebracht. Als der Wagen anhielt, ging ich auf ihn zu und wartete, bis Max ausgestiegen war.

»Hey, Chaosqueen«, rief er, nahm mich in den Arm und küsste mich.

»Max!«, schimpfte ich. »Tu das nicht.«

»Ach, lass uns doch gefährlich leben.«

»Danke, aber mein Leben ist schon aufregend genug.«

»Hat das mit mir zu tun?«

»Allerdings.«

»Wunderbar«, strahlte er.

»Von wegen wunderbar! Die Nummer mit dem Schal war voll daneben. Mach so was nie wieder!«

»Was denn, hat sich deine Mutter nicht gefreut?«

»Nein! Es hat Oskar in echte …« Ich stoppte. Wenn ich ihm nun erzählte, dass Oskar supersauer war und nun selbst so viel Geld ausgegeben hatte, um meine Mutter nicht zu enttäuschen, würde er womöglich auf die Idee kommen, Oskar das Geld zurückerstatten zu wollen und dann würde die unglückselige Schalgeschichte nie ein Ende finden. Ich atmete tief durch, lächelte ihn an und sagte: »Vergiss es.«

»Ich kann gerne …«

»Nein, egal was: nein. Es ist alles okay.«

Er sah mich an und strahlte. »Unser Ausflug gestern war großartig.«

Ich strahlte zurück und nickte. »Ja, total!«

»Wo fahren wir heute hin?«

»Keine Ahnung. Hast du einen Vorschlag?«

»Wir könnten frühstücken gehen und dabei nachdenken.«

»Ehrlich gesagt würde ich heute mal ganz gerne etwas Zeit in der Schule verbringen.« Das war milde ausgedrückt, lieber hätte ich gesagt: *»Spinnst du?«*

»Ist nicht dein Ernst! Was findest du denn an der Schule so spannend?«

»Also weißt du, für jemanden, der schon von ein paar Schulen geflogen ist, bist du eigentlich eine Spur zu entspannt.«

»Was bringt es, wenn ich mir Stress mache?«

»Na, vielleicht einen Schulabschluss, du Hirsch!«

Max sah mich kritisch an. »Versuchst du etwa, so was wie einen guten Einfluss auf mich auszuüben?«

»Würde es etwas nutzen?«

»Nein.«

»Gut, dann wäre das ja geklärt.«

Er lächelte mich an. Und sein Lächeln zeigte Wirkung, meine Knie verabschiedeten sich und ich seufzte.

»Also, was stellen wir heute an?«, fragte er unternehmungslustig.

»Nichts, was Schule schwänzen beinhaltet!«, stellte ich gleich klar. »Ich hab mir übrigens was überlegt, wie wir miteinander in Kontakt treten können.«

»Äh, zum Beispiel wie wir es jetzt gerade tun? Einfach miteinander reden?«, lachte er.

»Ich meine, *unauffällig* in Kontakt treten. So, dass es niemand mitkriegt. Der Brötchenzettel von dir war echt cool, aber als ich das probiert habe, ging's schief. Wir brauchen etwas anderes.«

»Ich könnte versuchen, Tarnkappen aufzutreiben?«

»Das wäre auch eine Möglichkeit, aber bis du welche gefunden hast, dachte ich, wir suchen uns einen toten Briefkasten.«

»Das klingt irgendwie kriminell. Müssen wir den vorher umbringen oder kennst du ein paar Briefkastenleichen?«

»Max! In den alten Agententhrillern gab es immer Orte oder besser gesagt Verstecke, wo man sich Nachrichten hinterlassen konnte. Das nennt man *tote Briefkästen.*«

»Ich weiß, ich wollte dich nur aufziehen.«

»Und? Was hältst du davon?«

Max sah mich groß an, dann lachte er. »Das meinst du ernst?«

»Klar. Ich finde, das ist doch eine gute Idee.«

»Ja, das wäre *eine* Idee. Die *andere* wäre, dass wir mal kurz so tun, als würden wir uns bereits im 21. Jahrhundert befinden, und uns geheime Handys besorgen.«

»Wie jetzt?«

»Na, wir kaufen uns Handys, die wir ausschließlich dazu benutzen, uns gegenseitig anzurufen oder Nachrichten zu schicken. Geheime Handys, von deren Existenz niemand etwas weiß!« Er machte ein gespielt aufgeregtes Gesicht. »Na, was sagst du?«, fragte er nach.

»Hm. Die Idee mit dem toten Briefkasten ist romantischer.«

»Wir könnten die Handys in einem toten Briefkasten verstecken.«

Ich musste lachen.

»Ich sehe, du bist einverstanden. Also lass uns Handys kaufen«, meinte Max.

»Sag mal, Max, was glaubst du denn? Ich kann nicht einfach losgehen und mir ein geheimes Max-Handy kaufen!«

»Wieso nicht?«

»Weil es Geld kostet. Ich komm mit meinem Taschengeld gerade so hin.«

»Dann kauf ich es eben.«

»Nein, ich will nicht, dass du ständig Geld für mich ausgibst.«

»Hör zu, Handys gibt es inzwischen echt billig. Also stell dich nicht so an. Wer weiß, vielleicht krieg ich ja so einen Deal, von wegen, wenn ich eins kaufe, bekomme ich das zweite kostenlos. Und das kostenlose wäre dann deins. Lass uns sofort gehen, sonst sind die besten Handys schon weg.«

»Erstens nein und zweitens auch nein. Ich will jetzt in den Unterricht. Ich schwänze nicht schon wieder die Schule!«

»Hallo, Jojo, wie geht's Señor Gonzalez?«, fragte plötzlich eine Stimme hinter mir.

Ich fuhr herum, Frau Schröder kam auf mich zu.

»Hiermit hat sich unser Ausflug erledigt«, flüsterte ich Max triumphierend zu und lächelte meiner Klassenlehrerin entgegen.

Bevor ich ihr jedoch antworten konnte, rief Max: »Gar nicht gut. Jojo hat mir gerade davon erzählt. Er ist in eine tiefe Depression verfallen und reagiert nicht mal mehr auf Leberwurstbrote.«

Ich sah Max ärgerlich an und bereute zutiefst, dass ich ihm von meiner genialen Ausrede und von Señor Gonzalez erzählt hatte.

Max fuhr eifrig fort: »Ich habe Jojo gerade angeboten, mit ihr nach Hause zu gehen und mir den Hund mal anzusehen.«

»Kennst du dich denn aus mit depressiven Hunden?«

»O ja. Wir hatten mit unserem Purzel dasselbe Problem. Der Arzt hat uns damals geraten, sein Selbstbewusstsein etwas aufzubauen, und er hat sich prima erholt.«

Frau Schröder nickte. »Ja, wenn man ihnen kleine Tricks und Kunststückchen beibringt und sie dann stets lobt, wenn sie es ausführen, freuen sie sich und werden ganz munter.«

»Genau das haben wir getan«, nickte Max. »Wie schon gesagt, Purzel ist inzwischen ein ausgesprochen gut gelaunter Hund, der uns allen viel Freude bereitet.«

Ich sah Max von der Seite an und überlegte, ob irgendetwas von dem, was er gerade erzählt hatte, wahr ist. Nichts, nahm ich an. Er ist ein geübter Lügner. Er übertrifft mich um Längen. Wobei ich Wert darauf lege, nicht zu lügen, sondern, na, sagen wir mal, mich rauszureden.

»Also, wenn es Ihnen recht ist, gehen wir jetzt zu Señor Gonzalez und fangen mit der Behandlung an«, fuhr er fort.

Jetzt? Nein! Ich warf Max einen wütenden Blick zu,

der ihm hoffentlich mein Nein deutlich genug mitteilte.

»Das ist eine gute Idee, aber das solltet ihr nach der Schule machen. Jetzt müsst ihr erst mal zum Unterricht.«

Ich nickte eifrig.

»Ja, das hat Jojo eben auch gesagt, aber der Hund ist jetzt ganz alleine und wer weiß, was er sich antut in seinem Zustand.«

»Hunde tun sich nichts an.«

»Oh, gut, das ist beruhigend zu wissen. Es ist nur so, dass Jojo sich wahrscheinlich gar nicht auf den Unterricht konzentrieren kann, weil sie immer an Señor Gonzalez denken muss. Und es wäre ja auch nur noch heute. Ab morgen bleibt ihre Mutter vormittags bei ihm.«

»Es wird schon gut gehen, der Hund braucht mich nicht«, fauchte ich leicht in Richtung Max.

Seine Geschichten wurden ja immer wilder! Ich hoffte stark, dass er bald mal stoppen würde. Denn eins wollte ich auf keinen Fall: schon wieder Schule schwänzen.

»Jojo ist völlig mit den Nerven runter wegen des Hundes«, hielt Max unbeirrt an seiner Strategie fest.

Frau Schröder war hin und her gerissen. Sie wandte sich an mich. »Sag mal, Jojo, würdest du dich besser fühlen, wenn du mal kurz nach dem Hund sehen würdest?«

»Nein. Absolut nicht.«

Ich hatte das so heftig gesagt, dass Frau Schröder fast erschrocken guckte.

Max nutzte das natürlich aus. Er deutete mit ausgestrecktem Arm auf mich und sagte zu Frau Schröder: »Sehen Sie, sie ist ganz durch den Wind.«

Er hielt ihrem sehr kritischen Blick stand, lächelte dabei gewinnend und machte dann ein treuherziges Gesicht. »Nur noch heute. Ausnahmsweise«, bettelte er.

Frau Schröder sah etwas unglücklich drein, dann siegte ihr Herz für Hunde. »Meinetwegen. Aber ich will eine schriftliche Entschuldigung von deiner Mutter, Jojo. Und du gibst bei deinem Klassenlehrer auch eine Entschuldigung ab. Wie heißt du?«

»Philipp Ortmann.«

Das kam ja wie aus der Pistole geschossen! Hatte er damit gerechnet, dass sie ihn fragen würde?

Max lächelte sie noch einmal an, dann zog er mich am Ärmel und wir gingen.

Als wir außer Hörweite waren, sah ich Max an. »Philipp Ortmann?«

»Findest du, der Name passt nicht zu mir? Hätte ich einen anderen wählen sollen?«

»Ja, Pinocchio Geppetto.«

Max lachte.

Ich nicht. Ich war sauer. »Max, wir hatten uns darauf geeinigt, dass ich keine Schule mehr schwänze, und jetzt tu ich es schon wieder.«

»Hast recht. Tut mir leid. Das war jetzt definitiv das letzte Mal. Aber, hey, das ist echt gut gelaufen, wir sind ein super Team!«

Ich schimpfte: »Schriftliche Entschuldigung! Na

toll! Philipp Ortmann ist fein raus, den gibt es ja nicht mal. Oder etwa doch? Hast du einen Namen von jemandem aus deiner Klasse benutzt?«

»Keine Ahnung. Ich hoffe nicht.«

Ich brütete vor mich hin.

»Wenn du dir Gedanken um die Entschuldigung machst – ich kann das für dich erledigen«, bot Max an.

»Nein, bloß nicht. Das mache ich selbst!«

Dann bog er Richtung Stadt ab.

»Wo gehen wir hin?«, fragte ich.

»In die Stadt natürlich.«

»Und was ist mit Señor Gonzalez?«

»Was soll mit ihm sein?« Max blieb stehen und sah mich verblüfft an. »Das war doch nur eine Ausrede«, sagte er.

»Stimmt. Mann, du machst mich ganz wuschig!«, schimpfte ich.

»Freut mich«, sagte er, legte den Arm um mich und zog mich zu sich.

»Max! Konzentrier dich. Kein Austausch von Zärtlichkeiten in der Öffentlichkeit!«

»Also, so zärtlich war das jetzt aber nicht.«

»Du weißt, was ich meine.«

Er lachte.

Ich seufzte.

»Bin echt froh, dass ich dich getroffen habe! Endlich mal jemand, der nicht so lahm und langweilig ist«, meinte Max. »Ich habe eigentlich erwartet, dass ich die Schule ziemlich ätzend finde und ich mich tierisch langweile.«

»Die Schule kannst du gar nicht beurteilen, du bist ja kaum dort.«

»Ja, und das hab ich dir zu verdanken.«

Ich blieb erschrocken stehen. »Es liegt an mir, dass du ständig Schule schwänzt?«

»Na ja, alleine schwänzen macht nicht so viel Spaß. Was ist? Lass uns weitergehen.«

»Nein, warte, ich muss nachdenken.«

»Worüber? Über die Farbe deines Handys?«

Inzwischen hatte ich meine Entscheidung getroffen. »Wir gehen zurück in die Schule.«

»Was? Nach all der Mühe, die ich mir gegeben habe?«

»Ja.«

Max zögerte.

»Also, wenn du wirklich zurückgehen willst, okay. Aber ich bin jetzt nicht mehr in Schullaune. Ich gehe in die Stadt.«

»Gut, aber dann will ich mal festhalten, dass es nicht an mir liegt!«

Max grinste. »Ach, das ist dein Problem? Du willst keine Verantwortung dafür übernehmen, dass ich Schule schwänze.«

»Genau. Ich werde ab jetzt nicht mehr schwänzen.«

»Und was ist mit uns?«

»Wie mit uns?«

»Na, wann verbringen wir Zeit miteinander?«

»Zum Beispiel nachmittags. Wie alle anderen auch. Wir treffen uns heute Nachmittag zu diesem englischen Teedings im Hotel.«

Max verzog ein wenig das Gesicht. »Das ist lahm.«

»Wenn du es aufregender haben willst, verkleide dich, klebe dir einen Schnurrbart an und benütze einen ausländischen Akzent.«

Max sah mich an und grinste. »Hey, nicht schlecht!«

»Das war ein Scherz!« Ich wollte jetzt möglichst schnell zurück in die Schule. Wenn ich wie der Blitz zurücksauste, würde ich es vielleicht sogar noch vor Beginn der ersten Stunde schaffen. »Ich sehe dich dann heute Nachmittag vorm Hotel!«, rief ich und galoppierte los.

Ziemlich außer Atem kam ich zeitgleich mit dem Klingeln wieder auf dem Schulhof an. Frau Schröder japste ich etwas, von wegen Señor Gonzalez fühlt sich schon viel besser, vor. Und ich fühlte mich ehrlich gesagt dann auch viel besser. Vor allem deshalb, weil sich nun die schriftliche Entschuldigung von meiner Mutter erledigt hatte. Dann spurtete ich in unsere Klasse. Unser Mathelehrer war zwar gerade gekommen, aber der Unterricht hatte noch nicht angefangen. Erschöpft setzte ich mich neben Lucilla.

»Wie geht's dir?«, fragte sie.

»Gut.«

»Wie war's mit Felix?«

Ich sah sie erstaunt an. Ich hatte ihr doch gesagt, dass mit Felix Schluss ist.

»Gestern Nachmittag. Euer Treffen«, half sie mir auf die Sprünge. Als ich immer noch kein erhelltes Gesicht machte, fügte sie hinzu: »Die Fahrkarte.«

»Ach so.« Ich zögerte leicht und überlegte. Ich entschied, ihr jetzt einfach zu sagen, dass es Max war. »Ich hab mich nicht mit Felix getroffen.«

»Nein?«

»Nein.«

»O mein Gott, ich weiß, mit wem du dich getroffen hast! Du hast dich mit *ihm* getroffen!«

Ich sah sie überrascht an. Hatte sie Max und mich gesehen?

»Du hast dich mit dem Jungen aus dem Internat getroffen!«, rief sie. »Das ist so romantisch!«

Ups, schon wieder war der geeignete Moment für die Wahrheit verpasst! Lucilla liebte romantische und leicht dramatische Liebesgeschichten. Ich überlegte, ob der imaginäre Internatsfreund vielleicht nicht doch ganz nützlich sein könnte. Und antwortete: »Ja.«

»Woher kennst du ihn?«

»Ähm, durch einen Freund«, sagte ich vage.

Lucilla hatte gleich eine Idee. »Durch Max! Stimmt's? Das erklärt dann auch, wieso ihr beide euch etwas auffällig verhaltet.«

»Auffällig? Inwiefern?«

»Na, so als ob ihr ein Geheimnis habt. Ihr werft euch merkwürdige Blicke zu.«

Hm. Sie hatte entweder eine gute Beobachtungsgabe oder Max und ich stellten uns nicht sehr geschickt an.

»Ist er ein ehemaliger Klassenkamerad von Max?«

Ich nickte. Ich hatte noch keine Ahnung, wohin sich diese Geschichte entwickeln würde, aber es klang doch gar nicht schlecht.

»Also: Wie heißt er? Wieso müsst ihr eure Beziehung verheimlichen?«

Doch bevor ich mit einer Erklärung beginnen konnte, wurden wir von unserem Mathelehrer ermahnt, am Unterricht teilzunehmen. Normalerweise stört es mich, wenn man nicht mal ein Privatgespräch während des Unterrichts führen kann, ohne vom Lehrer unterbrochen zu werden, aber in diesem Fall war ich regelrecht dankbar.

In der Pause vertröstete ich Lucilla auf nachmittags. Wir verabredeten uns um drei in der Stadt vor einem neuen T-Shirt-Laden, denn um vier hatte sie ein Date mit Valentin. Das passte ganz gut, dann könnte ich, bevor ich Lucilla traf, den Schal zurückbringen, und danach endlich meinen *High Tea* mit Max im Hotel trinken. Oder essen. Oder was immer man mit *High Tea* macht. Perfekt. Und bis dahin könnte ich mir eine Liste zusammenstellen mit Gründen, wieso man in unserem Alter heimlich eine Beziehung hat. Und vielleicht eine Liste mit Jungsnamen.

Freitagabend, 19. September

Oskar war gestern am späten Nachmittag nach unserem Gespräch tatsächlich noch mal in den Laden gefahren und hatte einen anderen Schal für meine Mutter ausgesucht. Danach wartete er unruhig auf die Ankunft seiner geliebten Ehefrau. Als sie nach Hause kam, überreichte er ihr die Schachtel, sie öffnete sie und quietschte entzückt: »Der ist ja noch viiiel schöner!«

Oskar strahlte.

»Aber wieso schenkst du mir noch einen Schal?«

»Noch einen?«, fragte Oskar verblüfft. Dann verstand er. »Oh, nein, Isolde, der andere ist ...« Er stoppte.

Ich beobachtete ihn kritisch und hatte Angst, dass er die Erklärung, die er sich ausgedacht hatte, nicht durchziehen und nun alles gestehen würde. Deshalb sprang ich vorsichtshalber schnell ein: »Nein, Mam, es war schon wieder eine Verwechslung. Sie haben den falschen Schal geschickt. Oskar hat ... wir haben ihn umgetauscht. Das hier ist jetzt der Schal, den Oskar für dich ausgesucht hat.«

Oskar sah immer noch etwas bedrückt drein. Er schien nicht ganz so dankbar über meinen Einsatz zu sein, wie ich gehofft hatte, aber egal.

Meine Mutter hatte den Schal um den Hals geschlungen und umarmte Oskar.

»Möchtest du gerne zwei Schals?«, fragte Oskar etwas ängstlich.

»Auf gar keinen Fall. Das ist viel zu viel Geld. Und der Schal ist wirklich noch schöner als der andere!«

Oskar seufzte erleichtert und der gestrige Abend war so weit gerettet.

Heute Nachmittag musste nur noch ich meinen Teil erledigen, um die Angelegenheit endlich ganz aus der

Welt zu schaffen. Ich stand nun also mit dem Schal, den ich zurückgeben sollte, vor dem Laden. Und auf einmal war es mir ausgesprochen peinlich, da jetzt schon wieder reinzulatschen und denselben Schal zurückzubringen. Ich sah durch das Schaufenster und suchte nach der Verkäuferin, die sich beim ersten Mal um die Sache gekümmert hatte. Als ich entdeckte, dass sie in ein Gespräch mit einer Kundin verwickelt war, ging ich rein. Gleich kam eine andere Verkäuferin auf mich zu und sprach mich an.

So leise wie möglich sagte ich: »Ich möchte einen Schal zurückgeben.«

Da ich offensichtlich nicht aussah wie jemand, der hier einkauft, legte sie die Stirn in Falten und fragte: »Von uns? Der hier gekauft wurde?«

»Ja.«

»Ist etwas damit nicht in Ordnung?«

»Nein, nein. Er gefällt mir bloß nicht.«

»Wir können ihn gegen einen anderen umtauschen.«

Ich wurde leicht nervös. »Nein, ich will ihn einfach nur zurückgeben.« Und um meinem Anliegen Nachdruck zu verleihen, ging ich auf die Kasse zu. Schließlich kannte ich die Prozedur ja.

Die Verkäuferin folgte mir.

Ich legte die Schachtel auf die Theke, sie öffnete sie und untersuchte den Schal. Himmel, wonach suchte sie?

»Er scheint in Ordnung.«

»Klar ist er in Ordnung, er lag ja bloß in der Schachtel herum«, flüsterte ich, denn ich wollte unbedingt vermeiden, dass ihre Kollegin mich erkannte und was von der neuerlichen Umtauschaktion mitbekam.

»Hast du einen Kassenbon?«

»Nein, es war ein Geschenk.« Und da ich ja schon Profi war, deutete ich hinter die Theke und erklärte langsam: »Sehen Sie in Ihrem Büchlein nach, wir müssen den Betrag einfach nur Frau Sternberg wieder gutschreiben.«

Nun betrachtete sie mich sehr misstrauisch. »War der Schal auf Kommission?«

»Nein, er war auf Besuch bei uns und jetzt ist er wieder hier«, sagte ich, inzwischen nicht mehr so geduldig. Wieso musste sie da so einen großen Deal draus machen?

Die Verkäuferin warf mir einen abschätzigen Blick zu, sah suchend im Laden umher, dann meinte sie etwas hochmütig zu mir: »Meine Kollegin wird das übernehmen, sie bedient nur gerade.«

»Nein, ist nicht nötig. Das können wir auch. Ich weiß, wie das geht«, versuchte ich, sie zu überreden.

Aber sie hatte mich bereits abgeschrieben, ignorierte mich und machte ihrer Kollegin ein Zeichen, als deren Kundin in die Umkleidekabine ging.

Ich atmete tief durch und wappnete mich. Himmel, war das alles peinlich!

Kurz darauf kam die andere Verkäuferin zur Kasse. Sie erkannte mich natürlich, aber sie begrüßte mich freundlich. Ich entspannte mich etwas, lächelte unglücklich, schob die Schachtel in ihre Richtung und sagte nur: »Der Schal.«

»Derselbe?«

Ich nickte leidend.

Sie schüttelte den Kopf.

Ich zuckte die Schultern.

Während sie wieder das Büchlein herausnahm, Nummern überprüfte und Einträge machte, lächelte sie mich an und sagte leise: »Vielleicht sagst du dem jungen Mann einfach mal, dass du keine Schals magst.«

»Ja, gute Idee«, seufzte ich.

»Dir hat doch die Jeansjacke so gut gefallen. Soll ich ihm die vielleicht beim nächsten Mal so unauffällig wie möglich vorschlagen?«

Ich sah sie verblüfft an. Mann, die war ja richtig nett! Und die Jeansjacke war echt toll. Ich war sehr in Versuchung. Aber dann schüttelte ich den Kopf. »Ich will eigentlich gar keine Geschenke von ihm.«

»Ach so.« Sie lächelte. »Dabei kann ich dir nicht helfen. Das wirst du ihm wohl selbst schonend beibringen müssen, dass du kein Interesse an ihm hast.«

»Oh, ich hab …«

… durchaus Interesse an ihm, wollte ich sagen, aber dann hatte ich das Gefühl, solche Vertrauensseligkeiten gingen etwas zu weit.

»… es ihm schon gesagt und es wird nicht mehr vorkommen«, vollendete ich stattdessen.

Sie nickte, während sie einen Eintrag in das kleine Buch machte.

»Kann ich jetzt gehen?«

Sie sah auf und lächelte. »Natürlich, ich lasse es wieder gutschreiben.«

»Danke.« Dann warf ich der anderen Verkäuferin noch einen triumphierenden Blick zu und verließ den Laden, den ich hoffentlich so schnell nicht mehr betrete.

Jetzt musste ich mich aber beeilen! Lucilla wartete bereits vor dem neuen T-Shirt-Laden auf mich. *Tausend und ein T-Shirt* hieß er.

Sie strahlte, als ich ankam. »Ich war schon mal kurz drin. Die haben T-Shirts für alle Anlässe, du glaubst es kaum! Das wird mein neuer Lieblingsladen.«

Ich strahlte ebenfalls. Das war ausgesprochen günstig für mich, denn wenn Lucilla sich mit Kleidung beschäftigte, konnte sie sich nicht auf andere Themen konzentrieren, was für mich perfekt war, denn ich hatte versäumt, mir eine wasserdichte Erklärung und einen Namen für meinen Internatsfreund auszudenken.

Sie zog mich in den Laden und ich muss sagen, er machte seinem Namen alle Ehre. Die hatten bestimmt tausend T-Shirts. Lucilla war in ihrem T-Shirt-Himmel angekommen. Sie war überglücklich, wies mit ausgestreckten Armen auf die Auswahl und rief: »Schau dir das an!«

Ich nickte begeistert. Und ich *war* begeistert: Lucilla würde alles vergessen und nur in T-Shirts schwelgen.

»Und sie haben sie sogar in Kategorien eingeteilt«, seufzte sie und begann, mir ein paar aufzuzählen, obwohl ich das gut und gerne selbst hätte sehen können. »Ganz edle für abends, welche mit Comicfiguren, schicke Sport-T-Shirts, welche mit Sprüchen und Werbeslogans, Bikershirts mit Totenköpfen in allen Varianten, teure Designer-T-Shirts und ...«, an der Stelle machte sie eine kleine, wirkungsvolle Pause, »*romantische* T-Shirts!«

Ich nickte. »Ja, das ist dein Laden.«

Wir gingen selbstverständlich zu der Abteilung *Romantische T-Shirts.* Hier herrschten Rüschen, Spitzen, sehr viel rosa und Herzmotive vor.

Ich stürzte mich sofort darauf, das perfekte romantische T-Shirt für Lucilla auszusuchen, zog ein paar hervor und hielt sie ihr hin. Doch sie nahm mich gar nicht wahr. Oder aber, sie vertraute meinem Modegeschmack einfach nicht. Das konnte ich ihr nicht vorwerfen. Ich vertraue meinem Modegeschmack ebenfalls nicht. Wenn es um wichtige Entscheidungen geht, bin ich auf Lucillas Hilfe angewiesen. Also beschränkte ich mich nach kürzester Zeit darauf, Lucilla aufmunternd zuzunicken, wenn sie sich mit einem T-Shirt, das sie sich vorhielt, zu mir umdrehte. Schließlich hatte sie ihre Auswahl auf fünfzehn begrenzt, die sie dann nacheinander anprobierte. Ich war sehr entspannt, die Zeit arbeitete für mich.

Nach einer halben Stunde waren es nur noch drei T-Shirts, die in die engere Wahl kamen. Noch mal anprobieren.

»Was meinst du, welches würde Valentin wohl am besten gefallen?«

Ich deutete auf eins.

»Gut, dann ist das draußen.«

»Wie draußen?«

»Na, ich meine, dann muss ich mich nur noch zwischen diesen beiden entscheiden.«

»Aber ich hab doch das andere gewählt.«

»Ja, und du liegst immer daneben, daher kann ich das schon mal abhaken.«

Ich sah sie groß an »Wieso komm ich dann überhaupt mit?«

»Nicht böse sein, Jojo. Es hilft wirklich, wenn du mir sagst, was du gut findest.«

»Weil du dann weißt, dass du das nicht nehmen solltest?«

»Genau.« Sie sah mich aufmunternd an. »Das ist auch eine Gabe.«

»Was? Immer die falsche Entscheidung zu treffen?«

»Nein, nicht die falsche Entscheidung. Darum geht es nicht. Aber da du kein Gespür für Mode hast, weiß ich, dass das, was du auswählst, nicht so modisch ist. Also bist du mir wirklich eine große Hilfe«, tröstete sie mich. Dann wandte sie sich wieder ihren beiden letzten Favoriten zu. »Hm. Welches nehme ich?«

»Soll ich?«, bot ich ironisch an.

»Nein, danke, das schaffe ich alleine.«

Als sie sich für das rosa T-Shirt mit herzförmigen weißen Spitzeneinsätzen entschieden hatte, sah sie auf die Uhr. »Oje. Ich treffe mich um vier mit Valentin im Eiscafé und jetzt haben wir noch gar nicht über deinen heimlichen Freund geredet.«

»Das macht nichts, den hab ich ja noch länger.«

»Aber verrate mir doch noch wenigstens schnell ein paar Einzelheiten.«

Wir gingen zur Kasse.

»Also die meisten Sachen weißt du ja schon: Freund von Max aus dem Internat.«

Lucilla nickte und kicherte: »Und Max betätigt sich als *Postillon d'Amour*. Wie romantisch!« Sie bezahlte und während wir rausgingen, sah sie erneut auf ihre Uhr. »Jojo, es tut mir so leid, aber ich muss jetzt wirklich los. Ich will Valentin nicht warten lassen.«

»Ja, kein Thema. Lass ihn bloß nicht warten. Wir sehen uns ja morgen in der Schule.«

Lucilla nickte, winkte und eilte davon.

Puh, Glück gehabt! Bis jetzt. Aber auf Dauer würde ich mich nicht um den Namen und den Grund für die heimlichen Treffen drücken können. Für heute jedoch war ich erst mal aus dem Schneider.

Schnell lief ich zum Hotel.

Es war kurz nach vier, aber Max war nicht da. Ich wartete einen Moment draußen. Dann überlegte ich, dass er vielleicht schon mal reingegangen war. Also betrat ich das Hotel. Wieder hielt mir der Portier schwungvoll die Tür auf, was mir irgendwie unangenehm war. Aber auch hier im Foyer war von Max weit und breit keine Spur. Was sollte ich denn jetzt tun? Wieder rausgehen? Nach Max fragen? Ich fühlte mich absolut fehl am Platz und ich befürchtete, das sah man mir auch an.

»Kann ich Ihnen helfen?«, rief mir die Dame von der Rezeption zu.

Ich schüttelte den Kopf. »Nein, ich warte auf jemanden.«

»Max Sternberg?«

Ich erschrak und trat zum Tresen. Sie sollte seinen Namen wirklich nicht so laut durch die Gegend rufen. Und woher wusste sie das?

Sie lächelte, als ich näher kam. »Jojo Sonntag?«

Ich überlegte kurz, ob ich mich einfach verleugnen und einen anderen Namen nennen sollte, aber bis mir ein besserer eingefallen war, hatte sie schon weitergesprochen.

»Herr Sternberg hat etwas für Sie abgegeben.«

Herr Sternberg? Mann, die übertrieben ja wirklich hier! Es sei denn, Max' Vater … Unsinn. Sie hatte ja zuvor Max' Namen genannt.

Außer »Ach?« fiel mir nichts Intelligentes oder Elegantes ein.

Sie griff unter den Tresen, holte einen wattierten Umschlag hervor und reichte ihn mir.

Ich sah hinein. Er enthielt ein Handy.

Mit hochrotem Kopf entfernte ich mich von der Rezeption, murmelte noch schnell »Danke« zu der Dame und ging wieder raus. Auf der Straße nahm ich das Handy und sah es mir an. Es war nur eine einzige Nummer eingespeichert: Max. Ich seufzte und wählte.

»Hey, Jojo«, begrüßte er mich.

»Wo bist du?«

»Sag ich nicht. Du musst dem nächsten Hinweis folgen.«

»Was wird das? Eine Schnitzeljagd?«

»Ja, so ähnlich.«

»Und wo ist der nächste Hinweis?«

»Den bekommst du jetzt von mir. Geh ins Kino am Einkaufszentrum. Frag an der Kasse nach einem Umschlag für dich.«

Dann legte er einfach auf. Sofort wählte ich erneut seine Nummer an, doch er hatte sein Handy ausgeschaltet. Ich wusste nicht so genau, wie ich das jetzt fand. In erster Linie war ich verwirrt. Und enttäuscht, weil ich mich wirklich auf diesen Tee gefreut hatte. Auf dem Weg zum Kino jedoch besserte sich meine Laune. Das war eigentlich eine echt coole Idee! Max war wirklich unberechenbar. Seine verrückten Aktionen waren zwar teilweise nervenaufreibend, aber sie gefielen mir. Und als ich beim Kino ankam, war ich hellauf begeistert. Mit ihm wurde es wirklich nie langweilig. Ich war bester Laune.

An der Kasse fragte ich nach einem Umschlag, die Dame gab ihn mir, sagte jedoch tadelnd: »Du bist etwas spät dran, der Film hat bereits angefangen.«

»Macht nichts«, strahlte ich. »Ich bin nicht wegen des Films hier.«

In dem Umschlag lag eine Kinokarte. Kino drei, Reihe 46, Platz 19.

Ich ging so leise wie möglich in den Saal und zu meinem Platz. Max saß schon da und grinste mich an.

»Du spinnst«, begrüßte ich ihn und setzte mich.

»Ich weiß«, antwortete er und küsste mich. »Auf die Idee mit dem Kino hätten wir wirklich schon früher kommen können«, meinte er. »Hier sind wir ungestört.«

Ich konnte nicht antworten, ich war irgendwie zu glücklich. Ich schmiegte mich an ihn.

Nach dem Film stürzte ich von Wolke sieben unsanft auf die Erde zurück. Wir verließen gerade das Kino, da rief jemand: »Jojo!« Ich schoss ertappt herum: Lucilla und Valentin wollten gerade ins Kino gehen.

So ein Murks! Wie sollte ich meiner Freundin Max an meiner Seite erklären? »Das wird jetzt schwierig«, raunte ich Max zu, während ich mit dem Kopf Richtung Lucilla deutete.

Er nickte. »Könnte sein.«

Das half mir nun ganz und gar nicht, er hätte sagen sollen: *»Kein Problem«*, oder so was in der Richtung.

»Hi«, machte ich ziemlich mutlos.

Lucillas Blick wanderte zwischen Max und mir hin und her und sie grinste verschwörerisch.

»Du, ähm, wunderst dich bestimmt, wieso ich mit Max hier im Kino bin«, begann ich.

»Dafür gibt es einen ganz einfachen Grund«, sagte Max und ich war ihm dankbar, dass er das übernehmen würde. Egal, welche merkwürdige Geschichte er auch immer erzählen würde, ich würde alles abnicken.

»Ich kenne den Grund«, lächelte Lucilla. Dann beugte sie sich zu Max und sagte leise: »Jojo hat mir alles erzählt.«

Ich riss entsetzt die Augen auf, drehte mich zu Max und sagte: »Nein! Hab ich nicht.«

Lucilla hielt sich erschrocken die Hand vor den Mund. »Oh, hätte ich das nicht sagen sollen?«

Max sah mich sehr erstaunt an. »Du hast es erzählt? Wieso machen wir uns denn dann die ganze Mühe?«

Ich drehte mich zu Max. »Aber ich hab wirklich nichts erzählt.«

Lucilla legte Max beruhigend die Hand auf den Arm, was von Valentin mit einem bösen Blick quittiert wurde.

»Sei nicht böse auf Jojo. Ich finde es so romantisch! Es ist wirklich sehr nett von dir, dass du das tust.«

Nun sah mich Max fragend an. Aber ich konnte nur mit einem ebenso ratlosen Blick antworten. Da Valentin inzwischen auch ein Gesicht zog, dem man ablesen konnte, dass er keine Ahnung hatte, wovon Lucilla sprach, erklärte sie es ihm: »Jojo hat einen heimlichen Freund und Max spielt den Amor. Er ist sozusagen der Verbindungsmann.«

Oh. Ich hatte meine eigene Ausrede bereits vergessen. Max sah mich an und grinste. »Bitte *was?*«

»Ich erklär's später«, flüsterte ich ihm schnell zu.

Dann wandte sich Lucilla wieder an uns. »Es ist okay, wenn ich es Valentin erzähle. Er sagt es auch nicht weiter.«

»Gut zu hören«, meinte Max. »Das war bisher nämlich unsere Hauptsorge.«

»Was?«, fragte Lucilla.

»Dass Valentin es weitererzählen würde.«

Max bekam von mir einen Sei-nicht-so-spöttisch-Blick und von Valentin einen Ich-kann-dich-nicht-leiden-Blick zugeworfen, während Lucilla nur meinte: »Nein, nein, keine Sorge.«

»Puh«, machte Max und legte sich erleichtert die Hand aufs Herz.

Ich ärgerte mich ein wenig, dass er sich über Lucilla lustig machte. Im Geiste notierte ich mir, ihm das zu einem passenderen Zeitpunkt vorzuwerfen. Jetzt musste ich ihn aber erst mal über meinen erfundenen Internatsfreund informieren, bevor das Gespräch aus dem Ruder laufen würde. Erschwert wurde das natürlich, weil Lucilla danebenstand.

Ich wandte mich an Max. »Ich hab Lucilla erzählt, dass ich mit einem Exklassenkameraden von dir aus dem Internat zusammen bin und wir uns nur heimlich treffen können. Und du mir immer Nachrichten von ihm überbringst.«

Max sah mich an, überlegte eine Weile, dann lächelte er und nickte schließlich. Die Geschichte schien ihm zu gefallen.

»Das ist echt nett von dir«, sagte Lucilla zu Max.

»Na ja, schließlich hab ich die beiden ja zusammengebracht«, stieg Max nun auf die Sache ein. Das erfüllte mich ein wenig mit Sorge, ich war der Meinung, wir sollten so wenig Details wie möglich erfinden. Ich verlor nämlich leicht den Überblick.

»Erzähl!« Lucilla war höchst interessiert.

Max lächelte und sagte: »Es war auf der jährlichen Jagdveranstaltung auf Schloss Bernsen …«

Lucilla riss begeistert die Augen auf.

Ich stieß Max an und sagte so leise wie möglich: »Geht's auch weniger pompös?« Lauter sagte ich: »Lucilla will die Wahrheit wissen!«

»Die Wahrheit? Ich soll also die Wahrheit erzählen?«, fragte er und grinste mich provokativ an.

Natürlich nicht die echte Wahrheit, sondern eine erfundene, aber glaubwürdige Wahrheit, versuchte ich, ihm per Telepathie mitzuteilen.

Er grinste. »Na gut.« Dann wandte er sich an Lucilla: »Es ist leider nicht ganz so romantisch.«

Lucillas Begeisterung flachte etwas ab.

»Unser Film fängt gleich an«, mahnte Valentin. »Die beiden sollen sich erst mal auf eine Geschichte einigen.«

Ja, das wäre mir auch lieber, da musste ich Valentin recht geben.

Aber Max war in Fahrt und wollte nicht stoppen. »Die Wahrheit ist: Ich betreibe eine Partnervermittlung.«

Nun hatte er wieder Lucillas volle Aufmerksamkeit. »Das ist ja aufregend!«, hauchte sie.

Valentin zog sie sanft mit sich. »Wir müssen jetzt gehen.«

Sie folgte ihm, sah sich aber noch mal um und rief: »Darüber will ich bei Gelegenheit alles wissen.«

»Klar!«, rief Max. »Und wenn einer von euch beiden mal Interesse hat …«

Valentin drehte sich um, warf Max einen vernichtenden Blick zu und zog Lucilla nun doch etwas weniger sanft in Richtung Kinosaal.

Ich bog mich vor Lachen. »Eine Partnervermittlung?«

»Na ja, nachdem du mir Schloss Bernsen abgeschmettert hast, blieb nur noch das. Aus der Schlossgeschichte hätte ich echt was rausholen können.«

»Ja, da bin ich sicher.« Ich musste immer noch lachen. »Partnervermittlung! Was soll denn das werden?«

»Weiß ich noch nicht. Aber das darf *ich* erzählen, das ist meine Geschichte. Du darfst nur dabei sein und musst immer nicken.«

»Ich weiß nicht, ob ich mich darauf einlassen sollte. Du übertreibst immer so maßlos. Nicht zu fassen, wie hemmungslos du irgendwelche Storys erfindest.«

Max grinste mich an: »Du bist aber auch nicht schlecht.«

»Ich mach das nur aus Not. Um zu vermeiden, in Schwierigkeiten zu kommen.« Ich fügte bedauernd hinzu: »Aber genau damit komm ich dann meist erst in Schwierigkeiten.«

»Tja, wer nichts wagt, der nicht gewinnt! Was machen wir jetzt?«, fragte Max.

»Valentin hat recht, wir sollten unsere Geschichte abstimmen. Aber ich muss jetzt nach Hause.« Ich machte Anstalten, zu gehen.

»Dann bist du aber bei der Abstimmung der Geschichte nicht dabei. Dann muss ich das alleine übernehmen«, rief er.

Ich blieb stehen. »Ich bin ja hoffentlich dabei, wenn du sie erzählst.«

Max wiegte den Kopf hin und her. »Mal sehen. Vielleicht warte ich auch, bis Lucilla und Valentin wieder aus dem Kino kommen, und erzähle es ohne dich.«

Ich wurde etwas unsicher. »Das würdest du doch nicht im Ernst tun?«

Max zuckte die Schultern. »Weiß man's? Das wirst du nur erfahren, wenn du hierbleibst.«

»Hör mal, ich muss echt nach Hause. Wir essen gleich zu Abend. Und meine Mutter legt Wert darauf, dass die Familie einmal am Tag gemeinsam isst.« Ich machte wieder ein paar Schritte, sah mich dann doch noch einmal nach ihm um.

Er lächelte gnadenlos. »Deine Entscheidung.«

Hm. Was nun? Natürlich hing ich gern mit Max rum, aber ich wollte eigentlich auch keinen Stress mit meiner Mutter. Ich überlegte kurz, dann ging ich zurück zu ihm.

»Na also«, meinte er, legte den Arm um meine Schultern und fragte: »Wo werden wir unser Planungshauptquartier aufschlagen? Eiscafé? Pizzeria?«

»Hier im Coffeeshop vorm Kino«, entschied ich. »Und freu dich nicht zu früh, ich hab vor, dich zu einem Kompromiss zu überreden.«

»Ich mag keine Kompromisse. Ganz oder gar nicht.«

»Wir werden sehen.«

Wir gingen in den Coffeeshop, holten uns was zu trinken und setzten uns an einen Tisch.

»Also, dann probier das mal mit deinem Kompromiss.«

»Warten, bis das Kino aus ist, kann ich definitiv nicht. Dann ist das Abendessen vorbei. Ich könnte mich aber dazu durchringen, zu spät zu kommen und jetzt noch etwas Zeit mit dir zu verbringen.«

Max sah mich an und lächelte. »Ich betrachte das einfach als Sieg und nicht als Kompromiss.«

»Was immer dich glücklich macht. Aber jetzt mal zum Thema: Ich muss Lucilla irgendeine Erklärung dafür geben, wieso ich mich mit diesem Internatsfritzen nur heimlich treffen kann.«

»Er ist berühmt!«

Ich sah Max gelangweilt an. »Darauf hat Lucilla auch schon getippt. Nicht besonders originell. Und ich hab es verneint.«

»Wieso? Das ist gut.«

»Nein. Dann gibt sie unter Garantie keine Ruhe, bis sie es herausgefunden hat.«

»Aber es ist doch gar nichts herauszufinden.«

»Ja, eben.«

»Merkwürdige Logik.«

»Du kennst Lucilla nicht.«

»Na gut. Was ist, wenn er eine Freundin hat?«

»Nein!«

»Wieso, das ist eine perfekte Erklärung.«

»Also bitte, wie steh ich denn dann da? So was würde ich nicht tun. Und ein Junge, der sich auf so was einlässt, würde mir nie gefallen.«

»Hm«, machte Max. »Was hältst du davon, wenn wir sagen, die Internatsregeln verbieten es, eine Freundin zu haben?«

»Gibt's so was?«

»Nie davon gehört. Aber was spricht dagegen, so was einzuführen?«

»Ich weiß nicht … obwohl es natürlich eine ganz einleuchtende Erklärung wäre.«

»Gefällt dir aber trotzdem nicht?«

»Nee, nicht wirklich.«

Wir brüteten beide vor uns hin. Dann sah mich Max an.

»Weißt du was, ich hab da eine ganz verrückte Idee.«

Ich horchte auf. »Ja?«

»Was ist, wenn wir ihr einfach die Wahrheit sagen?«

Ich sah ihn verblüfft an.

»Du meinst, dass du der Mister X bist?

»Ja.«

»Ich glaube nicht, dass sie das gut findet.«

»Dass sie *mich* gut findet?«

»Nein, ich denke, dich findet sie schon irgendwie gut, aber ich bin sicher, sie findet es nicht gut, wenn du mein Freund bist.«

»Wieso?«

»Ach, aus vielen Gründen, aber das Entscheidende für sie ist, dass du dich unter Garantie nicht mit ihrem Valentin verstehst.«

»Nee, mit dem verstehe ich mich ganz sicher nicht. Er ist eine Schlaftablette.«

Ich eilte zu Lucillas Verteidigung. »Eine *romantische* Schlaftablette und Lucillas Schlaftablette, also sag nichts gegen Valentin!«

»Wieso muss ich mich denn überhaupt mit ihrem Freund verstehen?«

»Wegen der Viererdates. Lucilla liebt Viererdates.«

»Stimmt ihr immer eure Freunde vorher ab?«

Ich überlegte. »Nicht wirklich, aber wenn die beste Freundin deinen Freund blöd findet, ist das irgendwie … doof. Man geht dann etwas auf Abstand.«

»Magst du Valentin?«

»Er ist okay. Für Lucilla ist er perfekt.«

»Na also. Du kannst offensichtlich mit *okay* leben. Und ehrlich gesagt wäre Lucilla vielleicht sogar sehr nervös, wenn du ihren Valentin überirdisch gut finden würdest.«

»Hm.«

»Sie wird sich schon an mich gewöhnen.«

Ich grübelte. Schließlich sah ich ihn an und meinte: »Weißt du was, Max, das ist die beste Idee, die du je hattest!«

»Na, also ich fand das mit dem Als-Felix-Verkleiden aber auch ziemlich gut.«

Ich grinste. »Ja, aber die Sache mit der Wahrheit hat den Vorteil, dass ich Lucilla nichts mehr vormachen muss. Ich hab mich echt unwohl gefühlt, sie die ganze Zeit anzuschwindeln.«

»Du schwindelst doch ständig.«

Es störte mich, dass ich ihm nicht so heftig widersprechen konnte, wie es mir lieb gewesen wäre, denn er hatte ja irgendwie recht. »Aber ich tu das nur …«

»… um irgendwelchen Strafen zu entgehen, um gut dazustehen, um dir das Leben leichter zu machen …«

»Du tust das doch auch.«

»Ja, aber ich steh dazu. Ich mache das extra. Und ich hab deswegen nie ein schlechtes Gewissen.«

»Darauf wäre ich an deiner Stelle aber nicht stolz.«

Max grinste bloß.

Ich sah ihn nachdenklich an. Dann seufzte ich. »Ich

werde das ändern. Ich werde ab jetzt nur noch die Wahrheit sagen.«

Max lachte laut.

»Was? Glaubst du, das kann ich nicht?«

»Überrasch mich.«

»Werde ich.«

»Also, wir beide sind jetzt offiziell zusammen?«, fragte er.

»Ja. Offiziell. Und ich muss jetzt nach Hause.«

Ich stand auf. Dann fiel mir was ein: »Ich brauche nur noch eine gute Ausrede, wieso ich zu spät komme.«

Max grinste triumphierend. »Fängt ja gut an.«

»Ausrede, habe ich gesagt. Ausreden sind keine Lügen.«

Ich warf ihm einen bösen Blick zu.

Er lachte, stand auf und sagte: »Ich begleite dich nach Hause.«

Ich überlegte kurz, doch dann entschied ich, dass es in Ordnung ist. Der einzige Grund, mich nicht mit Max sehen zu lassen, war eigentlich nur noch Felix. Er weiß zwar, wie toll ich Max finde, aber es ist doch noch mal eine andere Sache, wenn er uns zusammen sieht. Aber Felix ist nicht da.

Also nickte ich. »Okay. Wir zeigen uns jetzt ganz offiziell zusammen.«

Max legte seinen Arm um meine Schultern und wir gingen los. Ich genoss es, mit Max durch die Gegend zu laufen, eng umschlungen, und immer mal wieder stehen zu bleiben, um uns zu küssen. Ich fühlte mich pudelwohl.

Kurz vor unserer Straße kamen mir leise Zweifel. »Ähm, es ist vielleicht besser, wenn du nicht mit bis zum Haus kommst.«

»Wieso?«

»Ich hab keine Lust, meiner Mutter oder Oskar zu erklären, wieso du mich nach Hause begleitest und so.«

»Ach? Wie war das mit der Wahrheit?«

Ich sah ihn finster an.

Max meinte: »Was denn? Ich hab doch nicht gesagt, du sollst ab jetzt nicht mehr schwindeln. Ich bin für jede verrückte Geschichte zu haben, weißt du doch! Das war ganz allein *deine* Idee.«

Ich nickte. »Ja. Und damit fang ich auch gleich morgen an.«

»Bin gespannt«, meinte er, küsste mich, drehte sich um und ging.

Samstag, 20. September

Als ich gestern Abend nach Hause kam, wollte ich meinen neuen Vorsatz, die Wahrheit zu sagen, gleich in die Tat umsetzen.

»Du bist zu spät«, begrüßte mich meine Mutter.

»Tut mir leid. Und übrigens, ich bin nicht mehr mit Felix zusammen.«

»Ach Gott«, sagte meine Mutter mitfühlend, führte mich zum Tisch und drückte mich auf einen Stuhl. »Bist du deshalb zu spät?«

»Ähm. Ja.« In gewisser Weise stimmte es. Und es war einfacher, als jetzt eine lange Geschichte zu erzählen.

Meine Mutter teilte dem Rest der Familie mit: »Jojo und Felix haben sich getrennt.«

Mitleidiges Gemurmel von Oskar und höhnischer Ausruf von Flippi: »War ja klar, dass er früher oder später zur Vernunft kommt.«

»Flippi«, herrschte meine Mutter ihre Lieblingstochter an. Doch die ließ sich nicht beirren und fügte noch hinzu: »Sie nervt.«

Meine Mutter ignorierte das und wandte sich an mich. »Ist es schlimm für dich?«

»Nein.«

»Oh, gut. Dann bin ich froh. Denn ehrlich gesagt fand ich nicht, dass ihr beide so gut zusammengepasst habt. Diese Sternbergs haben einfach zu viel Geld. Es hat mich immer in Stress gebracht, wenn Felix hier war. Ich hatte immer das Gefühl, er kommt sich bestimmt vor, wie bei armen Leuten, er ist bestimmt besseres Essen, bessere Möbel und womöglich auch bessere Manieren gewohnt. Er war ja wirklich nett, aber es liegen eben Welten zwischen euch beiden.« Dann stoppte sie. »Hat er mit dir oder du mit ihm Schluss gemacht?«

»Also … genau genommen …«

»Sag nicht, er hat die Beziehung beendet. Nur weil wir nicht in ihrer Liga spielen! Als ob Geld so wichtig wäre! Für euch Kinder sollte so was überhaupt keinen Unterschied machen. Felix kam mir eigentlich gar nicht wie einer vor, der auf Klassenunterschiede achtet. Tja, wie man sich täuschen kann!«

»Mam!«, stoppte ich sie. »Das hatte nichts mit Geld zu tun.«

»Womit denn?«

»Er fand sie bestimmt zu chaotisch. Es ist ziemlich anstrengend, mit ihr zusammen zu sein«, mischte sich nun Flippi ein. »Ich lebe auch nur noch hier, weil ich mir noch keine eigene Wohnung leisten kann. Aber ich arbeite daran.«

Meine Mutter warf Flippi einen irritierten Blick zu. Ich nehme an, sie würde bei Gelegenheit auf Flippis Auszugsankündigung zurückkommen. Aber nun schien ihr erst mal meine Mitteilung wichtiger zu sein. »Also du hast mit ihm Schluss gemacht. Das ist gut.«

Oskar sah etwas unglücklich drein. »Ich hoffe, du warst nett zu ihm und hast es ihm schonend beigebracht?«

»Ähm ...«

»Hast du Mitleid mit ihm?«, erkundigte sich meine Mutter bei Oskar.

»Nein, mit uns. Ich hatte immer befürchtet, wenn Jojo was anstellt, hat das Auswirkungen auf unseren Job, weil Herr Sternberg ja der Hauptsponsor vom Theater ist.«

»O mein Gott, natürlich«, rief meine Mutter und sah mich panisch an. »Wenn du unverschämt zu Felix warst, musst du dich entschuldigen«, wechselte sie sofort die Fronten.

Ich hob besänftigend die Hände und sagte: »Keine

Panik. Es ist alles in Ordnung. Wir haben einfach nur Schluss gemacht. Wir beide. Keiner ist schuld.« Stimmte das? Nein. Aber egal. »Es wird keine Auswirkungen auf eure Jobs haben.« Da war ich sicher. Felix würde sich nie bei seinen Eltern über mich beschweren und sie um einen Rachefeldzug bitten. So ein Typ ist er nicht.

Meine Mutter war sichtbar erleichtert, auch Oskar aß nun entspannt weiter.

»Und du bist sicher, dass du nicht leidest?«, fragte meine Mutter und sah mich liebevoll an.

»Ganz sicher.«

»Ach weißt du, es gibt viele Fische im Meer, du wirst bald einen neuen Freund finden.«

Tja, nun wäre der Moment gekommen, wo ich sagen müsste: *»Ich hab bereits einen neuen Fisch, ich bin jetzt mit Max zusammen.«* Aber das hielt ich für ausgesprochen undiplomatisch, nachdem meine Mutter gerade über die Sternbergs hergezogen hatte. Ich fand es nicht angebracht, ihnen jetzt mitzuteilen, dass ich nur den Bruder gewechselt habe und nun mit Felix' Zwilling zusammen bin.

Ich zuckte also nur die Schultern und murmelte: »Wir werden sehen.«

Dann klingelte das Handy. Ich bekam einen Riesenschreck. Max rief mich an! Ich versuchte, es einfach zu ignorieren. Doch als mich meine Mutter und Oskar argwöhnisch ansahen und Flippi sagte: »Deine Jackentasche klingelt«, griff ich zögerlich hinein und nahm es raus.

»Was ist das für ein Handy?«, fragte meine Mutter.

»Es … gehört Lucilla. Sie hat es wohl aus Versehen in meine Jacke gesteckt.«

»Geh ran«, forderte sie mich auf.

»Hallo, Lucilla!«, begrüßte ich Max. »Du hast dein Handy in meiner Jacke vergessen.«

Max lachte. »Sehr schlau. Gut improvisiert.«

Ich lächelte geschmeichelt.

»Bin erstaunt, wie schnell du den Weg zur Wahrheit gefunden hast«, sagte Max.

»Das gilt erst ab morgen«, rief ich.

Mir fiel auf, dass meine Mutter mich genau beobachtete.

Hm, das war nicht der Text, den Leute hören sollten, die annahmen, ich telefoniere mit Lucilla. »Morgen gebe ich dir das Handy«, sagte ich daher. »In der Schule.«

»Kleiner Tipp: Morgen ist keine Schule«, sagte Max.

»Also, natürlich nicht in der Schule, morgen ist ja keine«, wiederholte ich für meine Mutter. »Wir können uns ja nachmittags in der Stadt treffen. Kurz vor vier am … an der üblichen Stelle. Tee fände ich zur Abwechslung mal gut.«

Ein Lächeln huschte über das Gesicht meiner Mutter. Das muss wohl der Tee gewesen sein.

»Alles klar, Pinocchio!«, lachte Max. »Bis morgen dann zum *High Tea* im *Palast-Hotel.* Ist aber eigentlich nicht mehr nötig.«

»Doch, den Tee schuldest du mir noch.« War doch eine neutrale Aussage. Lucilla könnte mir Tee schulden. Ich legte auf und fing an, ganz unbekümmert zu essen.

Meine Mutter und Oskar aßen auch weiter, nur Flippi warf mir kurz noch einen misstrauischen Blick zu, bevor sie sich wieder ihrem Teller widmete.

Heute Nachmittag machte ich mich eine Stunde früher auf den Weg in die Stadt, weil ich, bevor ich Max treffen würde, mich mit Lucilla im Eiscafé verabredet hatte. Meine Mutter und Oskar waren ebenfalls in der Stadt unterwegs. Das *Palast-Hotel* lag nicht auf ihrer Route, also bestand keine Gefahr, dass wir uns begegnen würden, und wenn sie mich mit Lucilla sahen, war das ja nur in Übereinstimmung mit dem Telefonat von gestern Abend.

Ich war guter Dinge, doch je näher ich dem Eiscafé kam, desto mehr Bedenken überfielen mich. Ach was, Unsinn, Lucilla würde mir keine Vorwürfe machen! Ich teile ihr einfach die Fakten mit und gut ist.

Lucilla war schon da, winkte mich zu sich und sagte, noch bevor ich saß: »Also, jetzt erzähl mir endlich, was los ist.«

Ich holte tief Luft und platzte einfach damit heraus: »Ich bin mit Max zusammen.«

»Was?« Lucilla riss ungläubig die Augen auf. »Ist nicht wahr!«

»Doch.«

»Seit wann?«

Hm. Seit wann?

»Ähm … seit gestern.« Das stimmte irgendwie.

»Wie kam denn das?«

»Na ja, weißt du, wir haben uns unterhalten, wegen dem Internatstypen und der ganzen Sache und da … hat sich das irgendwie so ergeben.«

»Weiß der Internatsfreund schon davon?«

Diese Geschichte müsste ich jetzt eigentlich rückgängig machen. Aber dann müsste ich wieder so viel erklären. Also nickte ich einfach.

Sie schüttelte den Kopf. »Du und Max! Wer hätte das gedacht!«

Ich wartete auf eine heftigere Reaktion von ihr. Aber sie blieb dabei, den Kopf zu schütteln. »Meinst du, das ist eine gute Idee?«, fragte sie mich dann.

Ich war ehrlich und sagte: »Ich glaube nicht. Aber was soll ich machen? Ich bin in ihn verliebt.«

Lucilla nickte. »Ach ja, wo die Liebe hinfällt …«, sinnierte sie.

Ihre gemäßigte Reaktion machte mir Mut. »Genau genommen ist es mir sogar unangenehm«, vertraute ich ihr an.

Lucilla nickte. »Verstehe ich.«

Oh, es war gut, wieder mit Lucilla reden zu können und ihr mein Herz auszuschütten!

Sie seufzte. »Valentin wird es nicht sehr gut aufnehmen.«

Ich wollte sie darauf hinweisen, dass Valentin eigentlich das Geringste meiner Probleme war, aber da sie so treuherzig guckte, nickte ich bloß.

»Er ist ja mit Felix kaum warm geworden und Max, also den kann er echt nicht leiden.«

Ich nickte erneut.

Dann sah sie mich erschrocken an. »Was ist mit Felix? Weiß er es schon?«

»Na ja, also, er weiß, dass Schluss ist, und von Max weiß er … hm, irgendwie auch.«

»Au weia, das wird unangenehm. Vor allem wenn ihr euch mal begegnet. Du kannst jetzt nie wieder zu Sternbergs nach Hause.«

Ich verzichtete darauf, ihr zu sagen, dass ich eh noch nie dort gewesen war, weil Felix in der ganzen Zeit, als wir zusammen waren, mich nie zu sich nach Hause eingeladen hatte. Im Gegensatz zu seinem Bruder, der jeden nach Hause schleppte und völlig ohne Berührungsängste den Reichtum seiner Eltern vorführte. So war auch Lucilla schon in den Genuss gekommen.

»Felix ist ja jetzt erst mal nicht da. Er ist in England bei einem Schüleraustausch.«

Lucilla dachte nach. »Das ist womöglich ganz gut. Dann hat er jetzt Zeit, über dich hinwegzukommen.«

Hach, ich war ja so froh, dass ich jetzt alles gesagt hatte und die Heimlichtuereien ein Ende hatten!

Dann sah mich Lucilla nachdenklich an. »Aber weißt du, Jojo, wenn ich jetzt so darüber nachdenke, irgendwie ist das nicht besonders gut, wenn du so einfach von einem Bruder zum anderen wechselst.«

»Ja«, rief ich, erfreut darüber, dass Lucilla genauso dachte wie ich. »Das hatte ich mir auch schon überlegt. Aber was soll ich denn tun?«

»Du solltest es niemandem sagen. Vorläufig nicht. Bis etwas Zeit vergangen ist.«

Ich fiel ihr um den Hals, so glücklich war ich darüber, dass sie dieselben Überlegungen anstellte wie ich damals. Ich hätte es ihr von Anfang an sagen sollen!

Lucilla sprach weiter: »Ich denke, ihr solltet euch vorläufig erst mal nur heimlich treffen.«

Na ja, darin hatten wir ja Übung. Aber wenigstens konnte ich jetzt mit Lucilla darüber reden. Und das tat ich auch sofort. »Ich treffe mich jetzt gleich mit Max im *Palast-Hotel*.«

»Ist nicht wahr! Du kannst dich doch nicht im Hotel mit ihm treffen.«

»Doch, zum Teetrinken. *High Tea*, genau wie die Queen in England.«

»Oh«, machte Lucilla beeindruckt. »Du wirst begeistert sein, das *Palast-Hotel* ist supervornehm, alles total edel. Ich war mal mit meinen Eltern da.«

»Ich weiß!«, antwortete ich, ohne nachzudenken.

Lucilla wunderte sich. »Hab ich dir schon davon erzählt?«

Murks, Glatteis! »Ich … hab davon gehört. Jeder schwärmt von dem Hotel.«

»Ja, es wird dir gefallen. Aber benimm dich bloß ordentlich. Und, o Mann, wie siehst du denn aus? Wir müssen dringend ein anderes Outfit für dich besorgen. Wann trefft ihr euch?«

»Vier Uhr«, sagte ich völlig überrumpelt.

»Dann auf, schnell, lass uns shoppen gehen und dir was Ordentliches zum Anziehen kaufen.«

»Lucilla, nein. Ich, ich hab überhaupt kein Geld für so was und ich … ich will auch nicht.«

Lucilla sah auf ihre Uhr. »Okay, kein Problem. Wir schaffen es noch zu mir nach Hause und wieder zurück. Ich habe ein paar Sachen, die an dir gut aussehen würden.«

Ich ließ es einfach geschehen. Ich war gerührt über Lucillas Fürsorge, fragte mich jedoch, wie ich bloß die letzten Wochen ohne ihre modische Beratung überstanden hatte. Normalerweise erlaubt sie mir, meine Schulkleidung selbst auszuwählen, sie schaltet sich erst bei wichtigen Anlässen ein.

So kam es, dass ich kurz vor vier perfekt gestylt in einem von Lucillas feinen Kleidchen wieder in die Stadt Richtung Hotel rannte. Dass ich rannte, nahm meinem Aussehen etwas die Eleganz, aber die Zeit wurde knapp.

Dann stoppte ich abrupt. Ich ging ein paar Schritte zurück, sah um die Straßenecke und stellte fest, dass ich mich nicht geirrt hatte.

Es war Flippi. Obwohl sie mir den Rücken zuwandte, erkannte ich sie. Und zwar an Señor Gonzalez. Beziehungsweise an den rosafarbenen Feenfahrradtaschen, die er auf dem Rücken trug. Flippi unterhielt sich mit einer älteren Dame, die neben ihr herlief.

Vor einem Mietshaus blieben die drei stehen. Die Dame drehte sich zu Flippi, kramte in ihrem Geldbeutel, gab Flippi ein paar Münzen, Flippi leerte die kleinen Fahrradtaschen aus und übergab der Dame ein paar Lebensmittel. Was war denn das?

Die Dame ging zur Haustür rein, Flippi zählte das Geld, drehte sich wieder um und kam auf mich zu.

Ich stemmte die Arme in die Seiten und wartete mitten auf dem Bürgersteig.

Als Flippi mich erkannte, zuckte sie kurz zusammen, aber als sie bei mir angekommen war, hatte sie sich bereits wieder unter Kontrolle. »Als was bist du denn verkleidet? Als Zahnspangenfee?«, fragte sie.

»Wieso Zahnspangenfee?«

»Wieso nicht?«

Flippis Verteidigungsmethode war Verwirrung und Angriff. Es gelang ihr jedes Mal. Aber diesmal würde ich sie damit nicht durchkommen lassen. »Lenk nicht ab!«

»Na, also ich denke, du musst eher ablenken. Wieso läufst du denn so durch die Gegend? Hast du eine Wette verloren?«

»Nein, ich …« Ich konzentrierte mich. »Was machst *du* hier?«

»Ich gehe spazieren und führe den Hund aus. Und du?«

»Ich bin … Flippi, hör auf, mir Fragen zu stellen. Ich stelle die Fragen! Was war das eben? Verkaufst du unsere Lebensmittel?«

Flippi sah mich hocherfreut an. »Das ist ja noch besser!«, rief sie. »Du hast ja echt gute Ideen. Wir sollten uns öfter mal unterhalten.«

Ich sah sie verständnislos an.

Meine Schwester war so freundlich, es mir zu erklären. »Also eigentlich bin ich nur deinem Vorschlag gefolgt, Señor Gonzalez als Lasttier zu verleihen. Ich stelle mich vor Supermärkte und wenn ältere Leute herauskommen, biete ich an, dass Señor Gonzalez für sie ihre Einkäufe nach Hause trägt.«

»Ich hab das nicht vorgeschlagen.« Dann stutzte ich. »Und das funktioniert? Sie lassen sich drauf ein?«

»Hast du doch eben gesehen.«

»Wieso tun Leute so was?«

»Weil sie mich niedlich finden. Und sie bezahlen dafür.«

»Das darf doch nicht wahr sein!«

»Aber wenn ich einen Service anbiete, ihnen die Einkäufe direkt nach Hause zu liefern, und die Lebensmittel aus unserem Vorratsschrank nehme, verdiene ich wesentlich mehr Geld. Da hast du völlig recht.«

Bevor ich sie erneut darauf hinwies, dass ich das nicht als Vorschlag gemeint hatte, setzte ich die ultimative Waffe ein: »Weiß Mam davon?«

»O nein. Ich will dich ja nicht in Schwierigkeiten bringen.«

»Mich? Wieso mich? Ich hab doch gar nichts getan.«

»Es war deine Idee.«

Ich sah sie superwütend an und während ich sie niederstarrte, wurde mir klar, dass sie genau das meiner Mutter mit unschuldigem Engelsgesicht erzählen würde. Ich schnaubte, dann stöhnte ich, weil plötzlich mein Handy klingelte, und ging ran.

»Wo bleibst du?«, fragte Max.

»Ich bin aufgehalten worden«, knurrte ich.

»Wo bist du jetzt?«

»Noch etwa vier Querstraßen entfernt.«

»Gut, ich komm dir entgegen.«

»Nein«, rief ich, aber Max hatte schon aufgelegt.

Flippi sah mich an, ihr Gesicht hellte sich auf. »Immer noch Lucillas Handy?«

»Ja.«

»Wer war denn dran?«

»Na, wer wohl, Lucilla natürlich.«

Sie grinste. »Weißt du eigentlich, dass ich so was wie ein wandelnder Lügendetektor bin?«

»Flippi, nerv nicht. Mach doch, was du willst, ich hab jetzt keine Zeit mehr, mit dir zu streiten.«

»Ich wollte gar nicht streiten. Ich wollte dir nur sagen, dass ich sehr verschwiegen sein kann.«

Ich wurde etwas blass. »Was willst du damit sagen?«

»Dass meiner Meinung nach der Anruf nicht von Lucilla war und ob das wirklich Lucillas Handy ist, also da bin ich mir auch nicht so sicher.«

Ich funkelte sie wütend an und knurrte schließlich: »Geh zurück zu deinem Supermarkt und nerv alte Leute.«

»Du kapierst es nicht. Ich nerve sie nicht, sie mögen es, wenn ich ihnen Gesellschaft leiste und mit ihnen plaudere. Und ich fordere nie Geld, sie geben es mir freiwillig. Ich tu was Gutes!«

»Na klar«, sagte ich, drehte mich um und stapfte davon.

Ich beeilte mich, aus Flippis Blickfeld zu kommen, damit sie nicht sah, dass ich mich mit Max traf. Fast wäre ich an ihm vorbeigerannt.

»Hey«, rief er mir hinterher.

Ich stoppte, drehte mich um, zog ihn am Ärmel und sagte: »Los, schnell weg von hier.«

»Hey, cool, sind wir auf der Flucht? Vor wem?«

Ich bog in eine Nebenstraße ein, blieb stehen und versuchte erst mal, wieder ruhig durchzuatmen. Dann lehnte ich mich gegen die Hauswand und stöhnte. »Puh.«

»Was hast du angestellt?«, fragte Max.

»Gar nichts. Ich bin nur vor meiner kleinen Schwester geflüchtet.«

»Gibt's dafür einen besonderen Grund oder tust du das immer, wenn du sie siehst?«

»Immer. Besonders bei uns zu Hause.« Ich schüttelte den Kopf und meinte: »Ich befürchte, ich hab ihr gerade vorgeschlagen, den Vorratsschrank meiner Mutter auszurauben und die Lebensmittel auf dem Schwarzmarkt zu verkaufen. Oder so.«

Max lachte. »Es könnte sein, dass du bei dieser Sachlage mit angeklagt wirst. Anstiftung zum Diebstahl und Schwarzhandel.«

Ich nickte. »Genau. Das sehe ich auch so.«

»Wollen wir dann deine letzten Stunden in Freiheit noch genießen? Oder willst du dich nach einem Anwalt umsehen?«

»Mir kann eh kein Anwalt helfen. Flippi ist besser. Lass uns gehen und feiern.«

Max legte den Arm um meine Schultern und wir liefen los.

Nach einer Weile sagte er: »Also, versteh mich jetzt

nicht falsch, du siehst echt toll aus. Aber *wieso* siehst du so aus?«

»Oh, du meinst das Teekleid. Das ist Lucillas Kleid. Sie hat darauf bestanden, dass ich mich für den *High Tea* umziehe.«

»Du hast ihr davon erzählt?«

»Ja. Alles. Die Wahrheit, so wie ich es vorhatte. Ich hab ein paar unwesentliche Details ausgelassen – sie geht davon aus, dass wir beide erst seit gestern zusammen sind –, aber sie weiß es.«

»Und was sagt sie dazu?«

Ich verdrehte die Augen. »Dass wir uns am besten erst mal nur heimlich treffen sollten.« Nachdem ich es gesagt hatte, musste ich lachen.

Max ebenfalls.

»Hey, wo laufen wir hin? Zum *Palast-Hotel* geht's da lang«, reklamierte ich.

»Planänderung. Heute ist Cart fahren angesagt.«

»Was? Nein. Ich will nicht.«

»Das ist obercool. Ich habe Freikarten.«

»Können wir das nicht ein anderes Mal machen?

»Die gelten nur heute. Und ich bin echt scharf drauf. Mit kleinen Rennautos um die Kurven sausen, was könnte besser sein?«

»In einem schicken Hotel Tee trinken.«

»Der läuft uns nicht weg.«

Ich zog ein Gesicht.

Er bettelte: »Bitte, tu mir doch den Gefallen.« Dann setzte er einen Dackelblick auf, küsste mich und ich knurrte: »Na meinetwegen.«

Gerade als wir ein paar Schritte gegangen waren, blieb ich wieder stehen. Ich deutete an meinem Kleid herunter. »Ich kann doch nicht so zum Cartfahren gehen!«

Max betrachtete mich. »Es ist … eher ungewöhnlich. Aber, hey, eins steht fest: Du wirst auffallen. Vielleicht schaffst du es sogar in die Zeitung.«

»Was wird Lucilla bloß sagen? Sie war so aufgeregt und hat sich so eine Mühe gegeben mit meinem Outfit«, jammerte ich.

»Dann erzähl es ihr halt nicht.«

»Nee, damit muss ich aufhören, ich komm langsam schon ganz durcheinander, was ich erzählt habe und was nicht.«

Max nahm mich in den Arm und fragte ganz lieb: »Bring ich zu viel Durcheinander in dein Leben?«

Ich strahlte ihn an und hauchte: »Nein. Das schaff ich auch alleine.«

Kurze Zeit später stand ich im eleganten Nachmittagskleid auf der Cartrennbahn.

Samstagabend, 20. September

Gestern kurz vorm Abendessen brachte ich Lucillas Kleid zurück. Und gemäß meinem neuen Vorsatz erzählte ich ihr auch gleich, wo ich gewesen war.

Lucilla sah mich entsetzt an. »Beim Cartfahren?«, wiederholte sie unglücklich.

»Glaub mir, ich wäre lieber beim Teetrinken gewesen.«

Sie schluckte und versuchte, so unauffällig wie möglich das Kleid nach Öl- oder sonstigen Schmutzspuren abzusuchen. Als mir klar wurde, was sie tat, beruhigte ich sie: »Ich stand nur da und hab zugesehen. Ich bin nicht gefahren.«

»Ach. Wieso denn nicht?«

»Na, wegen des Kleides.«

»Oh, das hätte mir nichts ausgemacht«, meinte sie tapfer. Aber kurz darauf gab sie es doch zu: »Danke. Es ist mein Lieblingskleid.«

Ich lächelte. »Weiß ich doch.«

Dann sah sie mich tadelnd an. »Du hättest vorher zu mir kommen sollen, ich hätte das perfekte Cartoutfit gehabt.«

»Beim nächsten Mal«, versprach ich.

»Du willst Max ja schließlich gefallen.«

Ich grinste. »Ich denke, ich gefalle ihm bereits. Und das liegt nicht an meiner Kleidung.«

Während des Abendessens war meine Mutter sehr wortkarg. Sie mied meinen Blick. Das beunruhigte mich etwas, aber da sie mich weder ausfragte, was ich heute getan hatte, noch mir Vorträge hielt, ging ich mal davon aus, dass es nichts mit mir zu tun hatte. Flippi fachsimpelte mit Oskar, ob ein Lebensmittellieferservice wohl eine gute Geschäftsidee sei. Ich versuchte mehrmals, sie mit einem strengen Blick zu stoppen, aber sie reagierte nicht. Als Oskar ihr bestätigte, dass das ein durchaus interessantes Angebot für ältere Leute sei, sah sie mich nur triumphierend an und meinte: »Na bitte.«

Ich überlegte, ob es meine Pflicht wäre, Oskar darauf hinzuweisen, dass die Lebensmittel aus unserem Haushalt verschwinden würden, Señor Gonzalez der Bote wäre und Flippi der gut verdienende Boss des kleinen Unternehmens. Aber dann fiel mir ein, dass es einen Ehrenkodex gab, der verbot, Blutsverwandte in die Pfanne zu hauen. Ich würde also erst mal ein weiteres Gespräch mit Flippi führen müssen.

Nach dem Essen gingen Flippi und ich in unsere Zimmer. Oskar musste noch mal ins Theater, weil bei der Kindervorstellung heute Nachmittag ein paar der kleinen Zuschauer die Schlaraffenlandmauer gestürmt hatten und er sich den Schaden ansehen musste.

Ich wollte gerade zu Flippi ins Zimmer gehen, als meine Mutter nach mir rief. Schon beim Betreten der Küche konnte ich erkennen, dass ich in Schwierigkeiten war. Meine Mutter hatte sich nämlich eine Tasse Tee gebrüht, saß am Tisch und sah mich ungnädig an. Die Sache mit dem Tee war es, die mir Sorgen bereitete. Denn das bedeutete, dass sie versuchte, ihre Nerven zu beruhigen.

»Ich wollte das beim Abendessen und vor den anderen nicht ansprechen. Jojo, wir haben ein Problem.«

»Was ist los, Mam? Kann ich was für euch tun?«

Nun sah sie mich empört an. »Für uns?! Für uns kannst du nichts tun, aber für dich!«

Jetzt war ich etwas verwirrt. »Ähm, was denn?«, fragte ich unsicher.

»Zum Beispiel könntest du regelmäßig zur Schule gehen.«

Ich schnappte nach Luft wie ein Karpfen auf dem Trockenen. Wobei ich mal davon ausgehe, dass die eher nach Wasser schnappen, da Luft ja nicht so ihr Element ist.

Mir wurde heiß und kalt. Jetzt bloß die Nerven behalten, sagte ich mir. Einer von uns beiden musste ruhig bleiben. Das sollte ich sein, denn meine Mutter würde gleich explodieren.

»Ich habe heute Nachmittag durch Zufall Frau Schröder, deine Klassenlehrerin, in der Stadt getroffen. Sie hat sich ganz besorgt nach Señor Gonzalez erkundigt.«

Sie machte eine wirkungsvolle Pause. Ich schluckte mehrmals hintereinander, brachte aber keinen Ton raus. Vielleicht sollte ich lieber warten, bis sie eine Frage stellte.

»Kannst du dir denken, worauf das Gespräch hinausläuft?«, kam es ganz kühl von meiner Mutter.

Ui, sie blieb ruhig. Das war nicht gut. Ruhig bleibt sie nur, wenn sie superwütend ist. Bei normalwütend brüllt sie.

Okay, die Frage war nun gestellt und sie erwartete wohl auch eine Antwort, aber ich war leider nicht in der Lage, zu reden. Ich starrte sie nur völlig bewegungsunfähig an.

»Reden wir nicht lange drum herum. Ich habe deiner Lehrerin nicht gesagt, dass du sie angelogen hast. Ich habe dich gedeckt, habe ihr aber versichert, dass wir das Problem jetzt im Griff haben und es nicht mehr vorkommt, dass du den Unterricht versäumst. Und jetzt möchte ich von dir wissen, warum du so etwas tust.«

Ich war ziemlich froh, dass sie mich nicht hatte auffliegen lassen. Ob das jetzt der richtige Zeitpunkt war, ihr dafür zu danken? Hm, wahrscheinlich nicht. Ich schluckte erneut. Holte tief Luft und sagte: »Es tut mir leid.«

»Danach habe ich nicht gefragt, dazu kommen wir später. Ich will wissen, warum du Schule schwänzt.«

»Also, ich bin nicht die Einzige.«

»Auch danach habe ich nicht gefragt. Wieso tust du es?«

Tja, warum? Weil ich Max gefallen wollte? Weil ich cool sein wollte? Weil ich nicht Nein sagen konnte? Klang alles nicht besonders gut.

Ich zuckte die Schultern. »Ich weiß nicht. Es ist irgendwie passiert.«

»Wo warst du in dieser Zeit?«

»Frühstücken.«

»Frühstücken?«

»Ähm, ja, ich hatte Hunger.«

»Du bist hier vom Frühstückstisch aufgestanden, zur Schule gelaufen und hattest Hunger?«

»Der Schulweg hat mich wieder hungrig gemacht.«

»Woher hast du das Geld?«

»Ich … hab nicht bezahlt.«

Meine Mutter riss erschrocken die Augen auf.

»Nein, nein. Nicht so. Ich hab nicht die Zeche geprellt. Ich … war eingeladen.«

»Von wem?«

Jetzt wurde es haarig.

»Jemand aus meiner Schule.«

»Wer?«

Ich überlegte.

»Jojo?«

»Ähm, Philipp Ortmann.« Hoffentlich gab es den nicht wirklich auf unserer Schule. »Und da waren auch noch jede Menge andere dabei.« Ich war sicher, wenn ich es als Gruppenausflug deklarierte, würde es die ganze Sache etwas abmildern.

»Wer?«

Ich überlegte, wen ich kannte, der regelmäßig Schule schwänzte. Ich begann ein paar Mädchennamen herunterzuleiern.

Aber sie schien immer noch nicht zufrieden zu sein. »Wer noch?«, fragte sie weiter.

Ich nannte den Namen, den ich nicht nennen wollte, aber dann dachte ich, falls mir meine Geschichte um die Ohren fliegen würde, könnte ich wenigstens sagen, ich hätte ihn doch erwähnt. »Max Sternberg.«

Meine Mutter stoppte und zog Luft durch die Nase ein.

Toll, ich nenne ihr als Erstes Philipp Ortmann, dann jede Menge anderer Namen und bei Max reagiert sie. Oder wusste sie es schon von Anfang an und das war bloß ein Test?

Ich zählte schnell noch weitere angebliche Mittäter auf, da ich Max irgendwie in einem Wust von anderen Namen verschwinden lassen wollte. Inzwischen hatte ich so viele Personen genannt, dass man es eigentlich als Schulausflug klassifizieren müsste, aber das schien meiner Mutter nicht aufzufallen.

Sie hatte nur eins in Erinnerung. »Max Sternberg«, sagte sie und ließ den Namen unheilvoll in der Luft stehen.

Ich versuchte es mit Geplauder. »Wir waren eine ziemlich große Gruppe und wir haben in erster Linie über die Schule gesprochen und so. Außerdem wurden an dem Tag im Unterricht nur Sachen wiederholt und …«

»Und an den anderen Tagen auch?«

Da ich nicht sofort antwortete, machte sie es noch einmal deutlicher: »Du hast öfter geschwänzt.«

Ich nickte, guckte etwas zerknirscht. »Ja, das ist … also, wenn man mal damit anfängt, verliert man irgendwie die Hemmungen und … aber ich mach das jetzt nicht mehr. Das war eine einmalige Sache.«

»Eine mehrmalige Sache«, korrigierte sie.

»Mehrmalig«, nickte ich schuldbewusst. »Aber damit ist jetzt Schluss.«

»Was hast du eigentlich mit diesem Max zu tun? Er ist doch gar nicht in deiner Klasse«, kam sie leider auf das Max-Thema zurück.

»Ich, na ja, ich kenne ihn halt. Durch Felix.«

»Ich habe gehört, er ist schon öfter von der Schule geflogen.«

»Tatsächlich?«, tat ich überrascht. »Von wem hast du das gehört?«

Sie beantwortete meine Frage nicht, sondern sah mich eindringlich an. »Jojo, dieser Max ist kein Umgang für dich. Er tut, was er will, hält sich nicht an Regeln, betrachtet das Leben als große Spielwiese …«

»Wie kommst du denn darauf?« Ich musste dringend erfahren, woher sie ihre Informationen hatte.

»Frau Sternberg hat vor ein paar Tagen Louise, unsere Maskenbildnerin, gebeten, bei ihr zu Hause vorbeizukommen, um sie für ein Kostümfest zu schminken. Dabei haben sie sich unterhalten und Frau Sternberg hat Louise ihr Leid geklagt. Sie hat ziemlich viele Scherereien mit ihrem Sohn. Die Schule hat schon öfter angerufen und gerügt, dass er ständig schwänzt und keine Arbeiten mitschreibt.«

»Oh«, machte ich.

»Sternbergs haben jede Menge Geld. Die können das schlechte Benehmen ihres Sohnes mit Geld ausbügeln. Wir nicht. Also halte dich von ihm fern.«

Das schienen ihre Abschlussworte zu sein.

Ich stand auf. »Mam, es tut mir echt leid. Und ich mach das auch wirklich nicht mehr.«

Sie nickte. »Davon gehe ich aus. Du weißt, dass du dir nur selbst schadest, wenn du die Schule nicht ernst nimmst. Hast du eigentlich die Mathearbeit schon zurück?«

»Ähm, weiß gar nicht so genau.« Wieso erzähle ich auch, dass wir in der Schule Arbeiten schreiben?!

»Hast du sie verhauen?«

»Ja.«

Meine Mutter verdrehte die Augen. »Bestimmt weil du geschwänzt hast.«

»Ich wünschte, ich hätte die Mathearbeit geschwänzt! Aber als wir die geschrieben haben, war ich natürlich brav in der Schule«, murmelte ich.

Meine Mutter nahm das nicht humorvoll auf. »Sieh zu, dass du das ausgleichen kannst.«

Ich schlich mit hängenden Schultern aus der Küche.

»Und denk daran: Halte dich von diesem Max fern!«, rief sie mir hinterher.

Wie betäubt ging ich in mein Zimmer. Ich setzte mich auf meinen Schreibtischstuhl und starrte aus dem Fenster.

Nun hatte ich ein echtes Problem. Die bisherigen heimlichen Treffen und selbst das Schuleschwänzen konnte ich moralisch irgendwie vertreten. Aber nun hatte meine Mutter ein eindeutiges Verbot ausgesprochen. Ich durfte Max nicht mehr treffen.

Aber das ging doch nicht! Ich war verliebt in ihn!

Ob meine Mutter ihre Meinung ändern würde, wenn ich ihr das sagte?

Ich legte mich heulend ins Bett und zog mir die Decke über den Kopf.

Sonntag, 21. September

Ich hatte keine Lust aufzustehen. Genau genommen hatte ich auch keine Lust aufzuwachen, aber das war ja schon passiert. Ich starrte an die Decke.

Ein totales Max-Verbot – das konnte meine Mutter nicht von mir verlangen! Vielleicht würde sie ein Einsehen haben, wenn ich ihr erzählte, wie sehr ich in ihn verliebt war. Nein. Würde sie nicht. Sie war ja schon erleichtert gewesen, als sie gehört hatte, dass ich nicht mehr mit Felix zusammen bin. Und Felix ist der *gute* Zwilling. Das Problem war außerdem, dass ich sie im Unklaren darüber gelassen habe, welche Rolle Max in meinem Leben spielt. Und wenn sie es wüsste, würde sie echt ausflippen, mir Hausarrest geben oder einen Aufpasser zur Seite stellen. Nein, ich würde ihr auf keinen Fall erzählen, dass Max und ich zusammen sind.

Ich musste mit Max reden. Aber ich konnte ihm doch schlecht sagen, dass meine Mutter mir den Umgang mit ihm verboten hatte. Gott, das war ja erbärmlich!

War ich dazu überhaupt bereit? Würde ich Max aufgeben wollen? Na, also von wollen konnte gar keine Rede sein. Ich könnte mich aber auch einfach weiterhin mit ihm treffen, denn dass sie gesagt hatte, ich solle mich von Max fernhalten, könnte man ja auch als Bitte auslegen. Wenn ich auffliege, könnte ich sagen: »Ich hab nicht gewusst, dass du es als Verbot gemeint hast.«

Hm. Schwach. Sehr schwach. Damit würde ich nicht durchkommen.

Wenn meine Mutter wenigstens rumgewütet hätte und mich wegen des Schuleschwänzens angeschrien oder bestraft hätte, wäre es viel einfacher. Dann wäre ich sauer auf sie und es würde mir viel leichter fallen, ihr Verbot zu ignorieren. Aber sie war ja extrem human gewesen. Sie war sauer, ziemlich sauer, aber nicht wirklich unfair oder so. Irgendwie hat sie ja sogar recht.

Was sollte ich denn jetzt tun?

Ich war absolut ratlos.

Ich entschied, nach dem Frühstück zu Lucilla zu gehen und sie um Rat zu fragen. Dafür musste ich jedoch erst mal aufstehen und mich anziehen.

Ich wollte gerade zum Frühstücken in die Küche gehen, da kam Flippi, noch im Schlafanzug, in mein Zimmer. In der Hand hielt sie einen Zettel. »Ich hab eine Aufgabe für dich«, teilte sie mir ohne weitere Vorrede mit. »Das hier muss hundertmal abgeschrieben werden.«

Schickte meine Mutter sie? Fing nun doch eine Bestrafungsaktion an? Was sollte ich hundertmal abschreiben? *Ich darf nicht Schule schwänzen* oder *Ich darf Max Sternberg nicht mehr treffen*?

Sie reichte mir den Zettel. Ich schluckte und las: *Lassen Sie sich Ihre Lebensmittel ins Haus liefern.* »Was soll denn das?«

»Das sind die Handzettel, die ich vor dem Supermarkt verteilen muss.«

»Und Mam will, dass ich das hundertmal abschreibe?«

»Aber nein, was ist denn das für eine Idee? Und zieh sie da bloß nicht mit rein. Das gibt nur Ärger.«

Ich sah Flippi lange an, schließlich sagte ich: »Ich mach das nur einmal und nur ausnahmsweise …«

»Gut, dann fang an zu schreiben, ich will sie nachher verteilen.«

»Nein, ich schreibe das doch nicht für dich ab! Das meinte ich nicht. Was ich für dich tun werde, ist sehr viel besser.«

Flippi sah mich misstrauisch, aber doch neugierig an. »Was denn?«

»Ich werde dir einen guten Rat geben: Besprich das mit Mam. Sag ihr, was du vorhast.«

»Bist du noch nicht wach? Seit wann sagen wir Mami denn, was wir vorhaben?!«

Ich seufzte. »Sie erfährt es sowieso. Wahrscheinlich muss Louise demnächst mal eine der alten Damen für ein Kostümfest schminken und dann kommt alles raus.«

»Du redest wirres Zeugs.«

»Sag ihr einfach die Wahrheit.«

»In diesem Haushalt sagt kein Mensch die Wahrheit.«

Ich wollte ihr widersprechen, aber dann überlegte ich und kam zu dem Schluss, dass Flippi recht hatte. Alle schwindelten irgendwie. Oskar hatte meiner Mutter gegenüber so getan, als hätte er den Schal für sie liefern lassen. Meine Mutter hatte meine Klassenlehrerin im Glauben gelassen, ich hätte wirklich wegen Señor Gonzalez den Unterricht versäumt. Flippi schwindelte nicht nur, sie log hemmungslos. Und ich, na ja, ich hoffte stets, dass die Wahrheit einen großen Bogen um mich machte, und half auch gelegentlich nach.

Sagt eigentlich irgendjemand immer die Wahrheit?

»Weißt du, was ich jetzt mache?«, verkündete ich Flippi.

»Also ich hoffe, du setzt dich jetzt hin und fängst an zu schreiben.«

»Nein. Ich geh jetzt mit dir runter und wir erzählen Mam von deinem Plan.«

»Nein.«

»Doch. Wir testen mal aus, was passiert, wenn man die Wahrheit sagt.«

»Und wozu soll das gut sein?«

»Wenn Mam es erlaubt, musst du es nicht heimlich machen, das vereinfacht dein Leben.«

»Es würde schon mein Leben vereinfachen, wenn du den Zettel abschreibst.«

»Lass es uns doch mal ausprobieren.«

»Du bist nur zu faul zum Schreiben.«

»Das auch. Aber es ist einen Versuch wert.«

Flippi sah mich an. Dann meinte sie: »Wenn's schiefgeht, sag ich, es wäre deine Idee gewesen. Und ich mache es dann trotzdem.«

»Na bitte, dann kannst du ja nur gewinnen.«

Ich ging mit dem Zettel in der Hand nach unten. Flippi folgte mir nur sehr unwillig, deshalb zog ich sie an ihrem Schlafanzugsärmel hinter mir her.

Meine Mutter war gerade dabei, den Frühstückstisch zu decken.

Ich warf Flippi einen aufmunternden Blick zu. Sie schüttelte den Kopf. Also sprach ich meine Mutter an. »Flippi hat da eine Idee.«

Flippi sah mich böse an, dann wandte sie sich an meine Mutter: »Wenn du sie nicht gut findest, war es Jojos Idee.«

»Worum geht es?«

Ich reichte ihr den Zettel und erklärte ihr Flippis Plan.

Meine Mutter las und legte erst mal ihre Stirn in Falten.

Ich redete weiter: »Flippi hat Señor Gonzalez dazu gebracht, sich ihre kleinen Fahrradtaschen auf den Rücken schnallen zu lassen, und er läuft mit ihr damit durch die Gegend.«

Meine Mutter machte große Augen. »Wirklich? Was ist, wenn ihr an einer Parkbank vorbeikommt? Rennt er dann immer noch hektisch hin und kauert sich ängstlich drunter?«

»Nein. Er geht daran vorbei.«

»Erstaunlich.«

Flippi sah ihre Chance und erzählte eifrig: »Ich denke, die Fahrradtaschen reichen ihm als Schutz. Er ist wesentlich entspannter. Ich hab ihm sozusagen einen tragbaren Couchtisch gebastelt.«

Meine Mutter schüttelte den Kopf, schließlich lächelte sie. »Warum nicht? Aber mit einem Zettel kommst du nicht weit. Du wirst ihn kopieren müssen. Soll ich Oskar darum bitten?«

Flippi blickte mich sprachlos an.

Ich grinste und zuckte die Schultern. Wobei, um der Wahrheit die Ehre zu geben – ich war mindestens ebenso erstaunt wie Flippi.

»Hör mal«, begann meine Mutter dann.

Meine Schwester ging bereits in Abwehrhaltung, aber meine Mutter sagte bloß: »Tausch deinen Schlafanzug gegen Tageskleidung ein, wir wollen gleich frühstücken.«

Flippi nickte und setzte sich in Bewegung.

»Noch was«, rief meine Mutter ihr hinterher, »du lässt dir aber den Kassenzettel geben und rechnest ganz korrekt ab.«

Flippi zog ein enttäuschtes Gesicht, zögerte, schließlich nickte sie und verschwand.

Ich beugte mich zu meiner Mutter und flüsterte: »Ich an deiner Stelle würde aber trotzdem ein Schloss für unseren Vorratsschrank besorgen.«

»Und ich an deiner Stelle würde mir mal ein Beispiel an deiner kleinen Schwester nehmen. Sie versucht nicht, hinter meinem Rücken Dinge zu tun, die sie nicht tun sollte.«

Ich öffnete empört den Mund, schloss ihn dann aber gleich. Ich war noch nicht wieder in der Position, mit meiner Mutter jetzt ein Streitgespräch zu führen.

Deshalb lief ich zu Flippi und beschimpfte sie: »Das ist total unfair, ich hab die Idee mit der Wahrheit gehabt und du wirst dafür von Mam gelobt.«

»Reg dich doch nicht so auf. Deine neue Masche ist gar nicht so übel.«

»Was für eine neue Masche?

»Na, die Wahrheit zu sagen.«

»Das ist keine Masche, das ist meine Überzeugung. Hart gelernt durch Methode *Versuch und Irrtum.*«

»Na, warten wir mal ab, wie lange du das durchhältst.«

Ich sah sie böse an.

Flippi meinte versöhnlich: »Aber, hey, war echt eine ganz gute Idee. Ich setz dich auf die Liste der Kandidaten, die meine Lieblingsschwester werden könnten.«

»Ich bin deine einzige Schwester.«

»Deshalb bist du noch lange nicht meine Lieblingsschwester.«

Nach dem Frühstück ging ich zu Lucilla. Meine Mutter hatte mir einen Einkaufszettel mitgegeben, ich sollte fürs Mittagessen ein paar Besorgungen machen. Zwar hatte ich vorgeschlagen, Flippis neuen Service in Anspruch zu nehmen, aber meine Mutter war nicht bereit, dafür zu bezahlen, und Flippi weigerte sich, ihre Dienste unentgeltlich zu verrichten. »Keine Ausnahmen, auch nicht für die Verwandtschaft«, sagte sie. »Das wäre ein schlechter Start für mein neues Business.« Meine Mutter sah das ein und gab mir den Zettel.

Eigentlich wollte ich Lucilla mein ganzes Drama langsam und Stück für Stück erzählen, aber als sie die Tür öffnete, fing ich an zu heulen und platzte einfach damit heraus: »Ich darf Max nicht mehr sehen.«

Lucilla war etwas überfordert, vielleicht auch weil sie bei meinem Geschluchze nicht so richtig verstanden hatte, worum es ging. Sie nahm mich tröstend in den

Arm, dann führte sie mich in ihr Zimmer, drückte mich auf einen Stuhl und sagte: »Beruhige dich erst und sag mir danach noch mal, was passiert ist.«

Ich nickte, schluckte ein paarmal, trocknete meine Tränen und dann konnte ich verständlich formulieren: »Ich darf Max nicht mehr sehen. Meine Mutter hat es mir verboten.«

»Wieso?«

»Weil ich wegen ihm Schule geschwänzt habe.«

»Wann denn?«

»Na, die Tage, als ich nicht in der Schule war. Da war ich mit Max unterwegs.«

»Wie denn das? Ihr seid doch erst seit gestern zusammen!«

Ich sah Lucilla an. Mist, Lügen holen einen wirklich immer ein!

Ich musste schon wieder losheulen und erzählte Lucilla die ganze Geschichte. Die echte Geschichte. Die Wahrheit.

Als ich fertig war, sah sie mich ziemlich ärgerlich an. »Wieso hast du mich angelogen?«

»Weil ich Angst hatte, dass du das nicht gut findest und mich verurteilst.«

Sie nickte heftig. »Das hätte ich auch getan.«

»Na bitte.«

»Aber danach hätte ich dir geholfen.«

Ich sah sie erstaunt an und das Weinen hörte mit einem Schlag auf. »Wie geholfen?«

»Na, ich hätte zu dir gestanden. Wir hätten darüber geredet und überlegt, wie du es am besten anstellst, ihn zu treffen, ohne Ärger zu bekommen. Und ganz sicher hätte ich dir das Schuleschwänzen ausgeredet!«

»Wieso hättest du das getan?«

»Weil ich deine beste Freundin bin. Und zwar auch, wenn ich nicht gut finde, was du machst.«

»Im Ernst?«

»Wieso wundert dich das denn? Würdest du das für mich denn nicht tun?«

»Selbstverständlich!«

»Na also!«

Ich sah Lucilla unendlich dankbar an und ich fühlte mich schon etwas besser. Wenn Lucilla das mit mir gemeinsam durchstehen würde, wäre es vielleicht nicht ganz so schlimm, Max nicht mehr zu treffen. Ich schluckte. Doch, es wäre schlimm. Und schon wieder kamen mir die Tränen.

Lucilla streichelte mir über den Rücken. »Also, deine Mutter findet es nicht gut, dass du mit Max zusammen bist? Wieso?«

»Sie weiß gar nicht, dass ich mit ihm zusammen bin. Sie denkt, wir wären bloß so ganz lose befreundet. Und schon das will sie nicht. Ich soll mich von ihm fernhalten, weil er ein schlechter Einfluss ist.«

Lucilla nickte vor sich hin.

»Was soll ich denn jetzt tun?«, jammerte ich.

Lucilla überlegte und schließlich seufzte sie: »Da haben wir die klassische Romeo-und-Julia-Situation. Er ist Romeo, du bist Julia.«

Gut, dass sie das klargestellt hatte, ich wäre womöglich durcheinandergekommen.

»Es ist eine Tragödie«, sinnierte Lucilla weiter.

Ich jaulte auf. »Genau! Die sind am Ende beide tot. Also mir wäre es lieb, wenn du nicht solche Vergleiche anstellen würdest.«

»Okay, klar. Aber die beiden stehen für eine unüberwindbare, romantische Liebe«, beharrte Lucilla. Dann warf sie sich heldenhaft in die Brust: »Ich werde euer Postillon d'Amour sein, euer Vermittler. So wie Max bei dir und dem Internatsfreund … Ach, den gab es ja gar nicht.« Ein Tadel lag in ihrer Stimme.

»Sorry«, murmelte ich schuldbewusst.

»Na, egal. Jedenfalls werde ich mir was einfallen lassen, wie und wo ihr euch treffen könnt.«

»Lucilla, ich soll ihn doch gar nicht mehr treffen und überhaupt keinen Umgang mehr mit ihm haben.«

Lucilla sah mich groß an. »Aber das kannst du doch nicht tun! Du bist doch verliebt in ihn. Was ist, wenn er deine große Liebe ist? Du *musst* mit ihm zusammen sein.« Lucilla war Feuer und Flamme.

Ich hingegen teilte ihre Begeisterung nicht. Mir erschien alles düster und ausweglos. »Wie soll das denn gehen?«, fragte ich flügellahm.

»Ihr werdet euch einfach heimlich treffen.«

»Toll, gehe zurück zum Start, gehe nicht über Los, ziehe keine 2.000 Dollar ein«, murmelte ich.

»Wie bitte?«

»Ich wollte damit sagen: Ich bin wieder da gelandet, wo ich angefangen habe. Nur dass es diesmal noch schlimmer ist, weil meine Mutter es ausdrücklich verboten hat.«

»Also ausdrücklich verboten hat sie es nicht. Sie hat nur zum Ausdruck gebracht, dass sie es nicht gut findet.«

»Ich weiß aber, dass sie es als Verbot gemeint hat.«

»Dann müssen wir jetzt noch vorsichtiger sein. Ihr wart aber auch sehr leichtsinnig.«

»Woher nimmst du eigentlich den Mut, dich über die Anweisungen meiner Mutter hinwegzusetzen?«, wunderte ich mich.

»Es geht immerhin um Liebe. Und da sind alle Mittel recht!«, rief Lucilla voller Überzeugung.

Ich war nicht so überzeugt. Ich seufzte. »Vielleicht sollte ich es einfach lassen.«

»Nichts da! Du musst um deine Liebe kämpfen.«

»Im Moment sieht es eher so aus, als würdest du um meine Liebe kämpfen.«

»Ja, weil du zurzeit zu schwach bist. Gut, dass du mich hast. Ab jetzt muss das alles ganz sorgfältig geplant werden und du brauchst wasserdichte Alibis.«

Lucillas Entschlossenheit fing an, mir zu gefallen. Und der Gedanke, dass ich Max nun doch weiterhin sehen würde, führte dazu, dass meine Bedenken sich immer mehr auflösten.

»Wie macht ihr das, wenn ihr euch verabreden wollt? Telefoniert ihr oder geht das nur, wenn ihr euch in der Schule seht?«

Ich zog mein geheimes Max-Handy hervor und zeigte es Lucilla. »Max hat Handys besorgt.«

Lucillas Augen leuchteten. »Großartig! Deine Mutter weiß nichts davon?«

»Na ja, sie hält es für dein Handy.«

Lucilla überlegte. »Gut. Damit können wir arbeiten. Ich übernehme das Handy.« Sie streckte mir auffordernd ihre Hand entgegen.

Ich zögerte. Irgendwie hatte ich das Gefühl, damit würde ich die letzte Verbindung zu Max verlieren. Aber auf der anderen Seite, wenn ich es Lucilla gab, dann würde es im Nachhinein stimmen, was ich meiner Mutter über das Handy erzählt hatte. Und dann würde ich außerdem ihrer Anweisung folgen, meine Verbindung zu Max aufzugeben. Bei weiterem Nachdenken war es sogar die perfekte Idee. Ich überreichte Lucilla das Handy.

»Ich organisiere eure Treffen, dann hast du nichts mehr damit zu tun und kannst mit gutem Gewissen behaupten, dass du dich nicht mit Max verabredest, weil ich das ja jetzt für dich erledige«, versprach sie.

Das klang sehr verlockend. Es entsprach zwar nicht so ganz meinem neuen Vorhaben, mich streng an die Wahrheit zu halten, aber ich kann ja auch erst einmal damit anfangen, nicht mehr zu lügen und die Wahrheit nur etwas zu verschleiern. Das ist schon mal eine Verbesserung. Mal sehen, was mein Gewissen auf Dauer dazu sagt.

Ich stand auf. »Ich muss noch einkaufen gehen.«

Lucilla nahm mich in den Arm. »Nur Mut, alles wird gut!«

Ich lächelte sie an. Lucilla war wirklich eine tolle Freundin. Obwohl ich nicht so recht daran glaubte, dass das alles so problemlos funktionieren würde, wie

Lucilla sich das dachte, fühlte ich mich schon viel besser.

Sonntagabend, 21. September

Lucilla hatte mich am Nachmittag angerufen und mich zu sich bestellt.

Als ich ankam, klatschte sie beigeistert in die Hände und rief: »Wunderbar.«

Ich konnte damit nicht so richtig was anfangen. Sie wusste doch, dass ich komme.

»Meine Mutter ist nicht da!«, sagte sie verschwörerisch.

Ich nickte. Offensichtlich sollte ich mich darüber freuen, aber ich wusste nicht, wieso.

»Sie hilft bei einer Freundin aus, die ein Geschäft hat. Das ist perfekt für uns.«

»Super«, nickte ich, denn anscheinend war Lucilla ja sehr froh darüber und als gute Freundin sollte ich ihre Freude mit ihr teilen.

Lucilla sah mich an und grinste. »Du weißt nicht, wovon ich rede?«

»Ehrlich gesagt: nein.«

»Das erkläre ich dir gleich. Erst mal das Wichtigste: Ich weiß jetzt, wie wir es machen. Ich habe den perfekten Plan für dich und Max.«

Nun hatte sie mit einem Schlag meine volle Aufmerksamkeit.

»Komm erst mal rein«, sagte sie dann und zog mich in den Flur. Lucilla war so aufgeregt, dass sie gleich losplapperte. »Also Folgendes: Max muss ab jetzt regelmäßig zur Schule gehen, alle Arbeiten mitschreiben und sich auch ansonsten tadellos benehmen. Er muss ein Musterschüler werden.«

»Ich glaube, das kannst du vergessen. Das passiert bestimmt nicht.«

»Das ist aber wichtig, sonst funktioniert der Rest meines Plans nicht.«

»Und der wäre?«

»Max muss sich in den perfekten Freund verwandeln, den jede Mutter sich für ihre Tochter wünschen würde.«

Die Idee, dass meine Mutter Max nicht mehr für einen schlechten Umgang halten würde, gefiel mir ausgesprochen gut.

Nun sah mich Lucilla mit glänzenden Augen an und informierte mich über den Rest ihres Plans: »Und dann wirst du ihr sagen, dass du mit ihm zusammen bist. Tadaaa!«

»Klingt gut.« Ich war wirklich sehr angetan.

»Bis dahin könnt ihr euch bei mir immer dann heimlich treffen, wenn meine Mutter nicht zu Hause ist. Sie will nämlich ab jetzt öfter in dem Laden aushelfen. Der Vorteil wäre auch, dass du kein schlechtes Gewissen haben musst, denn alles, was du tust, ist, mich zu besuchen. Wenn dann zufällig Max auch hier ist – da kannst du ja nichts dafür.«

Ich sah Lucilla an und war ganz gerührt. Ich umarmte sie. »Das ist so supersuperlieb von dir. Und es ist richtig schlau!«

Doch dann fiel mir Max wieder ein. Er war die Schwachstelle in Lucillas gutem Plan. »Max wird kein Musterschüler werden. Das ist echt nicht sein Ding. Hast du einen Plan B?«

Lucilla schüttelte den Kopf. »In diesem Fall gibt es nur Plan A. Und der muss funktionieren.«

Ich schluckte. Keinen Plan B zu haben beunruhigte mich.

»Wie sieht Plan A genau aus?«

Lucillas Augen glitzerten wieder vor Freude über ihre eigene Idee. »Ich habe einen Abschiedsnachmittag für euch arrangiert.«

»Abschied?! Ja, aber eben hast du doch …«

»Jetzt warte doch. Ich hab Max angerufen und ihm gesagt, dass du ihn in Zukunft nicht mehr treffen kannst, weil deine Mutter ihn für einen schlechten Einfluss hält. Aber dass du ihn noch mal sehen wolltest, hier bei mir, sozusagen zum Abschied, um es ihm selbst zu sagen.«

»Ja, aber …«

»Bapbapbap … hör mir zu! Für dich ist jetzt der Moment zum Tschüss-Sagen gekommen. Und das machst du in einem bedauernden, aber sachlichen Ton. Keine Dramen, keine Tränen, keine Küsse. Bis du die Worte hörst: ›Ich werde mich ändern.‹ Okay?«

»Was ist das? Ein Geheimcode? Ein Zeichen für deinen Einsatz, oder was?«

»Bitte?«

»Na, die Worte ›Ich werde mich ändern‹.«

»Jojo! Das ist kein Geheimcode, das ist das, was Max hoffentlich zu dir sagen wird, wenn ihm was an dir liegt. Dann darfst du ihm um den Hals fallen und dich mit ihm hier bei mir regelmäßig verabreden.«

»Und wenn er es nicht sagt?«

»Na, dann kannst du ihn ganz offiziell vergessen!«

Ich sah sie etwas überfordert an.

»Halt dich einfach an meine Anweisung. Du teilst Max jetzt mit, dass du ihn nicht mehr treffen darfst. Und weiche nicht vom Plan ab!«

Lucilla schob mich ins Esszimmer. »Du gehst jetzt hier rein und ich warte in meinem Zimmer. Wenn alles geklärt ist, rufst du mich.«

Ich seufzte.

»Was ziehst du für ein Gesicht? Wenn mein Plan funktioniert, wird alles gut.« Sie schloss die Tür hinter mir.

Mein Blick haftete wie gebannt auf dem großen Esstisch, den Lucilla über und über mit dunkelroten Rosenblüten bestreut hatte. Dazwischen lagen aus Silberfolie ausgeschnittene Herzen. Pinkfarbene Luftschlangen kräuselten sich kreuz und quer um zwei schneeweiße Kuchenteller, auf denen Papierservietten mit dem Schriftzug *Love* lagen. In der Mitte des Tisches thronte ein herzförmiger Schokokuchen, dekoriert mit rosafarbenen Rosenknospen aus Marzipan.

Ich schnappte leicht nach Luft. Das war echt heftig. Und es sah ganz und gar nicht nach Abschied aus.

Ich blickte mich um und da bemerkte ich Max. Reglos stand er an die Wand gelehnt und beobachtete mich. Mein Herz machte einen erfreuten Hüpfer. »Hey!«, rief ich.

»Hey«, antwortete er.

Am liebsten wäre ich sofort auf Max zugelaufen und ihm um den Hals gefallen. Aber auf einmal war ich befangen. Ich blieb stehen und wartete auf eine Reaktion von ihm. Die aber nicht kam. Ich begann, mich unwohl zu fühlen. Er sah mich an, sah mich nur an und sagte nichts. Die Situation wurde peinlich. Jetzt musste ich schnell etwas tun oder sagen, um die Atmosphäre etwas aufzulockern. Schließlich deutete ich auf den Tisch. »Lucilla hat sich ziemlich viel Mühe gegeben«, meinte ich.

»Sieht aus, als wäre Amor der Arbeitskoffer explodiert«, sagte Max.

Ich nickte. »Wahrscheinlich ist er beim Tiefflug gegen den Kronleuchter geknallt.«

Max grinste leicht. Dann wurde er wieder ernst. »Hast du dir das alles ausgedacht?«, fragte er.

»Sieht das nach mir aus?«, fragte ich und deutete auf den üppig verzierten Tisch.

Max löste sich von der Wand und drehte sich zu mir. »Ich kapiere nicht, was das ganze Getue hier soll.«

Erster Impuls: Ich renne zu ihm und falle ihm um den Hals. Aber das hatte Lucilla verboten. Ich schluckte und hielt mich streng an ihren Plan. »Ich wollte dir nur noch mal erklären, wieso ich keinen Kontakt mehr mit dir haben darf. Meine Mutter hat sich ziemlich aufgeregt, als sie erfahren hat, dass ich Schule geschwänzt habe. Und die letzte Arbeit habe ich auch verhauen und sie führt das darauf zurück, dass ich meine Zeit mit dir verbringe. Also hat sie es mir verboten. Kein Kontakt mehr. Punkt.«

»Und? Hast du vor, dich daran zu halten?«

»Aber ja.«

»Du machst Witze.«

»Sieht das hier nach einem Witz aus?« Nachdem ich die Frage gestellt hatte, musste ich selbst grinsen. Lucillas Deko war nun leider wirklich zum Lachen. »Setzen wir uns und essen ein Stück Kuchen«, schlug ich vor und nahm Platz.

Max sah mich ungläubig an. »Du willst mich also jetzt echt nicht mehr sehen, bloß weil deine Mutter damit ein Problem hat?«

»Sie hat nicht nur ein Problem, sondern auch recht.«

»Bitte? Inwiefern?«

»Was ist denn dagegen einzuwenden, regelmäßig zur Schule zu gehen, die Arbeiten mitzuschreiben und womöglich sogar gute Noten zu bekommen?«

Max sah mich argwöhnisch an. »Haben sie dich einer Gehirnwäsche unterzogen? Seit wann hast du denn deine Einstellung geändert?«

»Also, genau genommen hatte ich diese Einstellung schon immer. Ich finde Schule und all die blöden Regeln nicht toll, aber es macht Sinn. Ich hab mich dann von dir anstecken lassen und alle meine Bedenken über Bord geworfen. Was mir ziemlich viel Stress und ein rabenschwarzes Gewissen eingebracht hat. Ich hab's getan, weil ich gern mit dir zusammen sein wollte. Nur, wenn ich so weitermache, fliege ich von der Schule.«

Als ich so redete, merkte ich, wie die Worte ganz von selbst kamen. Ich war von dem, was ich sagte, auch wirklich überzeugt. Und ich war auch ein wenig beeindruckt von mir.

Max stand mit offenem Mund da.

Ich fuhr fort: »Weißt du, ich kann dir nicht vorschreiben, wie du dein Leben gestalten sollst, aber ich weiß, dass es für mich nicht das Richtige ist. Dir macht es nichts aus, wenn du von der Schule fliegst. Du gehst dann einfach auf die nächste Privatschule oder auf ein Internat. Deine Eltern finden da schon irgendwas für dich. Aber für mich wäre das schrecklich, wenn ich meine Schule verlassen müsste und ich könnte es auch nicht ertragen, meiner Mutter und Oskar Kummer zu bereiten.«

Max sah mich feindselig an.

Ich konnte seinen Blick kaum ertragen, daher wandte ich meine Aufmerksamkeit schnell Lucillas Kuchen zu. »Willst du ein Stück?«, fragte ich so ruhig wie möglich.

»Das glaub ich ja nicht!«, stieß Max hervor. »Du bestellst mich hierher, um mir eine Moralpredigt zu halten, die ich mir auch von meinen Eltern anhören könnte!«

Ich hatte eigentlich alles gesagt, was ich zu sagen hatte. Jetzt musste langsam das eintreten, was Lucilla mir in Aussicht gestellt hatte: Max würde es einsehen und versprechen, sich zu ändern.

Aber Max starrte mich nur weiter unverwandt an. Ich traute mich nicht mehr, aufzublicken, sah stur auf den Kuchen, spürte aber seinen vor Ärger glühenden Blick schmerzhaft auf mir. Wenn er weiterhin so starrte, würde mein Haar Feuer fangen.

Aber dann stürmte er zur Tür und verschwand.

Ich war total verdattert. Nachdem Max die Tür hinter sich zugeknallt hatte, schossen mir dir Tränen hervor. Mist, Mist, Mist! Von wegen genialer Plan! Das war's! Es war aus! O Mann! Ich hätte ihm doch vorschlagen sollen, uns weiterhin heimlich zu treffen.

Ich war zu unglücklich, um Lucilla über den katastrophalen Ausgang ihres perfekten Plans zu informieren. Also blieb ich einfach am Tisch sitzen, legte den Kopf auf meine Arme und heulte. Und heulte. Und heulte.

»Also so schlimm ist Lucillas Deko nun auch wieder nicht, dass man deshalb heulen muss.«

Ich fuhr erschrocken hoch. Max saß mir gegenüber. Er war zurückgekommen! Schnell wischte ich mir die Tränen weg.

»Vielleicht hilft es dir, wenn wir das kitschige Kuchenherz aufessen. Das erspart dir den Anblick und dann kannst du mit dem Weinen aufhören.«

Ich wollte was sagen, aber ich brachte keinen Ton raus. Und ich war zu schwach, um aufzustehen, um den Tisch herumzulaufen, ihm um den Hals zu fallen und zu beteuern, dass mir doch alles egal sei, Hauptsache, wir können uns weiterhin sehen.

»Also ich hab mir was überlegt«, sagte Max. »Als ich

schon halb auf dem Heimweg war, dachte ich, eigentlich mache ich doch immer gern Dinge, die ich noch nie gemacht habe. Ich mag neue Herausforderungen. Und darüber wollte ich mal mit dir reden. Also bin ich umgekehrt. Lucilla war übrigens etwas verwirrt, als sie mir eben die Tür aufgemacht hat, aber ich habe mich nicht mit Erklärungen aufgehalten. Das kannst du nachher erledigen.«

Ich sah ihn gespannt an.

»Weißt du, was ich noch nie gemacht habe?«

»Wiesel gezüchtet?«

Er war etwas verwirrt, grinste dann jedoch und meinte: »Ja, das auch. Aber erst mal wollte ich was anderes ausprobieren.«

»Was denn?«

»Zur Schule gehen, Hausaufgaben machen, Arbeiten mitschreiben und gute Noten bekommen.«

Ich war völlig perplex – worauf lief das hinaus?

»Und wenn ich deiner Mutter dann mein Zeugnis vorlege, meinst du, sie erlaubt, dass ich mit dir dann mal ein Eis essen gehen darf?«

Ich strahlte. »Ja!«

»Gut. Dann machen wir das so.«

»Max?«

»Ja.«

»Also, bis zur Zeugnisausgabe will ich eigentlich nicht warten.«

»Vorschlag?«

Ich grinste. »Wir könnten uns weiterhin treffen. Heimlich natürlich. Aber wir müssen das noch etwas perfektionieren. Schließlich will ich nicht mit dir erwischt werden, solange meine Mutter dich noch auf ihrer roten Liste stehen hat.«

»Hm«, machte Max.

»Was ›hm‹?«

»Na ja, wenn du ein vorbildliches Leben führen willst, ist das eigentlich nicht okay«, sagte er.

»Meine Güte, jetzt übertreib mal nicht, sonst musst du bald deinen Heiligenschein polieren! Lucilla wird unsere heimlichen Treffen arrangieren – das wird aufregend!«

»Hilfe, ich hoffe, sie veranstaltet nicht jedes Mal so einen Herzchenamoklauf«, meinte er und deutete auf den Tisch.

Ich grinste. »Ich werde mit ihr reden. Vielleicht kann sie uns ja lila Muffins backen.«

Max sah mich an, sein Blick war weich und sehr liebevoll. Dann seufzte er. »Nicht zu fassen, was ich alles für dich tue! Ich muss dich wirklich mögen.«

Ich sprang auf, lief um den Tisch herum, fiel ihm um den Hals und küsste ihn.